Organizado e ilustrado por
Tanko Chan

1ª edição

Editora Draco

São Paulo
2015

© 2015 by Dana Guedes, Claudia Dugim, Nuno Almeida, Márcia Souza, Priscilla Matsumoto, Karen Alvares, Vikram Raj, Blanxe e Tanko Chan

Todos os direitos reservados à Editora Draco

Publisher: Erick Santos Cardoso
Edição: Tanko Chan e Ana Lúcia Merege
Produção editorial: Janaina Chervezan
Organização e ilustrações: Tanko Chan
Capa: Ericksama, Tanko Chan (ilustração)

Dados Internacionais de Catalogação na Publicação (CIP)
Ana Lúcia Merege 4667/CRB7

Boy's love: sem preconceitos, sem limites / organizado por Tanko Chan. – São Paulo : Draco, 2015.

Vários autores.
ISBN 978-85-8243-125-2

1. Contos brasileiros I. Chan, Tanko.

CDD-869.93

Índices para catálogo sistemático:
1. Contos : Literatura brasileira 869.93

1ª edição, 2015

Editora Draco
R. César Beccaria, 27 – casa 1
Jd. da Glória – São Paulo – SP
CEP 01547-060
editoradraco@gmail.com
www.editoradraco.com
www.facebook.com/editoradraco
Twitter e Instagram: @editoradraco

Sumário

Ácido ou picante, o tempero fica ao gosto do leitor
Tanko Chan — 6

Daruma
Dana Guedes — 12

Lolipop
Claudia Dugim — 36

No Amor e na Guerra
Nuno Almeida — 56

O Colar de Scheherazade
Márcia Souza — 76

O reflexo do *dokkaebi*
Priscilla Matsumoto — 92

O Sentimento
Karen Alvares — 106

O Palácio dos Rakshasas
Vikram Raj — 122

Perfect Mistake
Blanxe — 138

Maçã
Tanko Chan — 156

Fujoshis & fudanshis — 174

Ácido ou picante, o tempero fica ao gosto do leitor

Tanko Chan

O leitor muito provavelmente já sabe ou desconfia de qual seja o tema que será explorado nas páginas seguintes, está na cara, na capa e no nome, mas eu sempre gosto de começar pelo começo.

Se esse fosse o primeiro contato do leitor com o "Boy's Love" (ou BL), eu explicaria que o Boy's Love é um gênero japonês, que, na sua forma mais básica, trata de histórias sobre o envolvimento romântico e/ou sexual entre dois homens e abarca diversas mídias em sua terra natal: mangás (quadrinhos), anime (animação), filmes, livros (novel) e games. Mídias que são produzidas por uma maioria de mulheres e direcionadas para mulheres.

O BL é um filho ainda não completamente emancipado dos mangás para garotas e que guarda uma notável semelhança com os romances para mulheres, aqueles que as suas mães e tias diziam ser "água com açúcar" só para despistar.

Assim como nos romances hétero, a maioria dos BL está bem longe de ser só água com açúcar e vem em diversos sabores, do doce até o mais picante, ou melhor dizendo, ácido.

Nesse caso, o amor que não ousa dizer seu nome, tem vários nomes derivados de subclassificações de conteúdo. "Shounen-ai", "Yaoi", "Lemon", termos que por vezes se tornam controversos até para quem tem anos nessa estrada. O termo BL é, como dizem os americanos, um "guarda-chuva", que está aí para abraçar todos os outros, mas nesse caso acredito que seja necessário um pouco mais de elaboração.

Enquanto o "shounen-ai" é um termo que, se traduzido literalmente, significaria o mesmo que Boy's Love, e que foi usado para descrever os primeiros representantes do gênero na década de 70, ele hoje é usado pelos fãs para as obras mais leves, sem conteúdo sexual.

Muito embora, é claro, um dos maiores representantes do Shounen-ai e pioneiro do que conhecemos como BL hoje seja a obra *Kaze to Ki no Uta*, de Takemiya Keiko, que já abre com uma cena de cama muito polêmica para a época.

O "Yaoi", termo cunhado nas feiras de fanzine (*doujinshis*, revistas feitas por fãs), já tem suas raízes mais ligadas ao conteúdo erótico: é acrônimo de *Yama-nashi, Ochi-nashi, Imi-nashi* , expressão que significa algo como "sem clímax, sem objetivo, sem sentido" ou, em uma versão um pouco mais "engraçadinha" *Yamete, Oshiri ga Itai !* ("Pare, minha bunda dói!". Pois é.). Esses *doujinshis* não tinham a intenção de ser profundos, o que estava valendo era colocar personagens famosos em posições "interessantes" e ainda hoje são muito populares, apesar da existência de revistas especializadas com personagens originais. "Yaoi" é bastante usado pelos fãs para rotular obras com sexo.

Então chegamos no "Lemon", a palavra que serve de gíria para o ato sexual em si no universo yaoi. Se uma história é explícita ou até beira o pornográfico, o fã vai dizer logo "esse é lemon".

Dessa forma, vemos que o erotismo é um elemento importante para o BL, está presente desde os primeiros trabalhos com a intenção não apenas de excitar, mas de provocar a imaginação e borrar as fronteiras entre os gêneros (apesar é claro, de muitas vezes carregar o já bastante criticado caráter heteronormativo dos personagens).

Esse aspecto, o da sexualização dos personagens, chama tanto a atenção que alguém que não conheça bem o gênero poderia pensar que se trata de mera pornografia. Mas eu diria que chamar o BL como gênero simplesmente de pornografia, julgando apenas por uma parte das obras, é uma simplificação rasa. O principal foco do BL são os relacionamentos entre os personagens, as dificuldades e percalços, as dúvidas, sentimentos e a paixão. E o sexo, para a maioria dos leitores, é a cereja (ou o *limão*, para aproveitar o trocadilho) do bolo.

Foi com esse espírito que organizamos a presente coletânea,

trazendo histórias de muito romance e com o tão apreciado erotismo do BL, que afinal de contas não é a nossa régua, mas a nossa grande inspiração. Essa é a inspiração que podemos notar em *Daruma*, conto de Dana Guedes que evoca as belas lendas japonesas em uma cativante jornada de autodescoberta.

A questão da identidade também está presente em *Lolipop* de Claudia Dugim, onde dois personagens muito diferentes confidenciam suas dores e delícias sob os estigmas de uma sociedade repressora.

Em *No Amor e Na Guerra*, Nuno Almeida traz um conto agridoce sobre homens simples que se encontram na pior das circunstâncias: o campo de batalha. A trama é seguida por *O Colar de Scheherazade*, onde Márcia Souza faz uma curiosa mistura de fantasia urbana e o clássico das 1001 noites, entrelaçandos várias histórias em uma só.

Já em *O Reflexo do Dokkaebi*, Priscilla Matsumoto apresenta o erótico e intenso encontro de um pacato professor e o misterioso personagem do imaginário coreano.

Karen Alvares nos presenteia com a história tocante de dois amigos de infância, que descobrem *O Sentimento*. Na sequência, é a vez de Vikram Raj nos transportar para *O Palácio dos Rakshasas,* um delicioso conto com jeito de lenda e tempero indiano.

Fechando a coletânea, o conto da organizadora (essa que vos fala), *Maçã*, enreda dois pobres corações entre passado e futuro onde nem tudo é o que parece. Ou não.

E, claro, torcemos para que o leitor aproveite a viagem conosco, sem preconceitos e agora sem limites para a fantasia.

Tanko Chan
Julho de 2015

Daruma
Dana Guedes

Meu coração pulou quando colocaram a lista de aprovados nos murais externos da faculdade. Senti meu estômago revirar e o intestino fazer uma performance de contorcionismo, enquanto eu caminhava em direção das inúmeras folhas de papel grudadas na parede. Ajustei os óculos no rosto e procurei meu nome. Koji Kimura. Estremeci. Kimura Aino, Satoshi, Kazuki... mas nenhum Koji. Procurei mais uma vez, na ínfima esperança de ter lido errado, perdido algo no caminho entre tantos ideogramas. Nada. Mais uma vez não entrei.

Era a segunda vez que havia prestado vestibular e o sonho de me tornar um universitário parecia cada vez mais distante. Voltei para casa pensando em meu emprego de meio período como atendente de loja de conveniência, que mal servia para pagar o aluguel do meu apartamento. Se é que se pode chamar assim um quarto daquele tamanho. "Apertamento", talvez.

Me joguei na cama sem ao menos trocar de roupa. Encarei o teto pensando em como minha vida não era nada parecida com o que havia imaginado. Quando saí de casa, aos 17, sonhava com o sucesso na cidade grande, bem longe da calmaria e da chatice do vilarejo onde nasci. Aquele fim de mundo entre as montanhas, onde minha família se estabelecera havia décadas e prosperara com as plantações de arroz.

Mas eu não desejava nada daquilo. Eu queria mais, queria crescer. Deixei meu lar com apenas uma mochila nas costas e saí para buscar o mundo. O problema foi que meus 20 anos chegaram e eu sequer encontrei a mim mesmo.

Dias depois da reprovação, recebi um telefonema dizendo que meu avô estava muito doente. Eu era muito ligado a ele, então pedi licença no trabalho para visitá-lo. Era mais para me despedir. Quando cheguei, os médicos já haviam descartado qualquer esperança de melhora. Os órgãos vitais estavam comprometidos e a idade avançada não permitia nenhuma cirurgia.

Sentei do lado dele na cama e ele segurou a minha mão. Disse que podia ver a tristeza nos meus olhos, mas que eu não devia ficar aflito. Tudo iria acabar bem. Tive vontade de chorar percebendo o quão patético eu era. Meu avô, no leito de morte, tentando fazer com que *eu* me sentisse melhor.

Tirei forças de algum lugar e sorri. Não queria que ele se fosse preocupado comigo. Tivemos uma conversa boba sobre minha infância, o que o deixou feliz e o fez lembrar de algo importante que queria me dar. Pediu que eu abrisse a terceira gaveta e que, atrás das meias, pegasse uma caixa de madeira. Ali dentro, eu encontraria um de seus bens mais preciosos e ele gostaria que fosse meu. Me ajudaria a realizar meu sonho.

Um *Daruma*.

Encarei aquele boneco vermelho redondo, olhos sem pintura, e achei engraçado. Nunca fui ligado a superstições. Dizem que se presenteia alguém com um *Daruma* para inspirá-lo a concretizar um desejo. A pessoa deve pintar um dos olhos do boneco quando faz o pedido e, depois de conseguir o que quer, deve pintar o outro, como forma de agradecimento.

Porém, aquele não se parecia com os bonecos simples que são vendidos em qualquer loja de quinquilharia. Era muito mais antigo e detalhado. Apesar dos dois olhos vazios, aparentava bastante manuseio, e a pintura vermelha estava escura e falha em diversas partes.

Apesar de não acreditar em nada daquilo, aceitei o presente de bom grado. Meu avô ficou ainda mais feliz. Morreu no dia seguinte, sob um céu cinza de chuva triste e gelada.

Voltei para casa logo depois dos serviços funerários. Tokyo, tão grande e esplendorosa, mais do que nunca parecia vazia. Nem acendi a luz do meu quarto. Deixei o brilho pálido da cidade entrar pela janela e tirei da caixa minha única companhia, colocando-a sobre a escrivaninha. O *Daruma* me encarou, como se me desafiasse a não desistir.

Me olhei no espelho e pude ver a derrota nos meus olhos castanhos. O cansaço refletido nos meus cabelos curtos e desarrumados. Então vi, por cima dos ombros, os olhos vazios do boneco redondo me lembrando das esperanças de meu avô. Eu tinha que tentar mais uma vez. Peguei a caneta preta e preenchi o globo ocular de meu novo parceiro. "Eu vou passar na faculdade", mentalizei.

Durante todo o ano, me dediquei inteiramente à realização desse sonho. Uma voz dentro de mim me incentivava a nunca parar. Estudei, motivado como nunca, e me sentia pronto. Dessa vez iria dar certo, eu sabia.

Poucas semanas antes da prova, peguei minha bicicleta para ir ao mercado. Coloquei os fones de ouvido para que, no caminho, pudesse ouvir a revisão de matéria que eu mesmo havia gravado. O céu escurecia e os carros começavam a acender suas lanternas quando ouvi um barulho bem alto. Gritos. Um furgão desgovernado, em alta velocidade, vinha diretamente na minha direção. Num instante veio a buzina, medo e farol alto.

No instante seguinte eu estava morto.

$$\bullet \, \bullet \, \bullet$$

Abri os olhos, confuso e com dor. Minha cabeça latejava. O céu estava escuro, coberto de nuvens em tons de roxo e azul royal. A areia vermelha sob meu corpo, seca como em um deserto. Sentei, um homem me encarava. Sujeito estranho, vestido em um *kimono* vermelho com estampas em preto e dourado, um tapa-olho de couro sobre o lado direito do rosto e cabelos escuros, longos, amarrados de qualquer jeito.

— Acordou, é? Já tava na hora — falou, coçando a barbicha. Esticou a mão para me ajudar a levantar.

Pude ver melhor o lugar onde estava. Dentro de um grande cânion de pedras rosadas, que se estendiam para cima, em diversas camadas. Tão altas que eu não podia enxergar seu final. Desapareciam em meio a uma neblina fina e sombria.

— Então... Eu vim para o Inferno? — perguntei, desolado. Seria mais difícil do que pensei aceitar minha própria morte.

— Não. Quer dizer, tecnicamente aqui também não é o Céu. Estamos na entrada do *Mahou-kai* — ele explicou e esperou algum tipo de reação da minha parte. Fiquei ainda mais confuso que antes. — Nunca ouviu falar no mundo das criaturas sobrenaturais...?

Achei que seria bobagem explicar que não é o tipo de coisa que aprendemos na escola.

– Enfim! – ele continuou, dando de ombros. – O *Mahou* não é nenhum tipo de purgatório. É a moradia de outros como eu. – Então, ele parou e rolou seu único olho aparente, percebendo que eu continuava não entendendo nada daquela conversa. – Não é possível que você seja tão burro, Koji. Não tá me reconhecendo? Sou eu, o Daruma!

– O Daruma? Meu boneco de madeira? – perguntei, incrédulo. Aquilo não fazia o menor sentido, mas ele assentia a cada uma das minhas perguntas. – Como isso pode ser? Você é uma *pessoa*? Mas existem milhões de *darumas* no mundo inteiro! E você nem é gordo!

– Pois é. Ninguém quis refazer meu boneco depois que perdi peso, há uns 450 anos. Meu passado vai me perseguir pra sempre – ele suspirou, balançando a cabeça. – E eu não sou uma *pessoa*. Sou a entidade que se manifesta através do boneco para ajudar a realizar desejos. Além disso, apenas cinco *darumas* são realmente ligados a mim. Os outros são só bolas de madeira que funcionam como vocês chamam de "efeito placebo".

Tive que aceitar que a história era verdadeira. Jamais teria imaginação para delirar desse jeito.

– Tudo bem... mas então o que estou fazendo aqui? Eu não deveria ir para um lugar onde vou ser julgado pelos meus atos? – perguntei, olhando ao redor e não vendo mais ninguém ali.

– Bem... É uma longa história. – Daruma coçou a nuca e desviou o olhar. – Melhor contar de barriga cheia e tomando um bom saquê. Tô verde de fome.

Ele virou de costas, caminhando na direção de um *torii* vermelho entre duas pedras. O portal demarcava o início de um longo corredor escuro. Ouvi um trovão e estremeci. Achei melhor segui-lo.

$$\bullet \ \bullet \ \bullet$$

O caminho se estreitava a cada curva, mas logo chegamos. Eu nunca havia visto nada como aquela cidade que surgiu. As luzes cintilavam nas lamparinas redondas em tons de vermelho, laranja e amarelo, dançando pelas ruas até além do meu campo de visão. Era como andar na velha Kyoto, repleta de magia, com suas construções de madeira, telhados curvados e silhuetas de pagodes ao fundo.

Caminhei por uma avenida de terra, ouvindo a música do *shamisen* e admirando a fachada das casas de chá, com seus painéis corrediços revestidos em papel de arroz. Todo tipo de criatura entrava e saía, lotando os lugares como em um grande festival. Lagartos antropomorfos, homens de pele vermelha e chifres, geishas com pescoços longos feito serpentes e crianças de um olho só. Havia até seres em formato de guarda-chuva, pernetas, pulando com a língua esticada para fora da boca.

Mal pude acreditar que tantas lendas que ouvi quando criança eram reais.

Seguimos até um estabelecimento grande, pintado de preto e vermelho. "Akabeko", dizia a placa na entrada. Daruma disse que era o restaurante melhor frequentado de toda a Mahou. Apenas entidades de elite e humanos autorizados.

Sentamos no balcão e fomos atendidos pelo próprio dono, um homem enorme e robusto, com tatuagens brancas no rosto e grandes chifres de touro entre a cabeleira. Logo me foi servido saquê e *donburi*, uma tigela de arroz com carne e legumes, que eu hesitei em comer.

— Não é verdade o que dizem sobre comer uma refeição em outro mundo — Daruma disse, se servindo bem depressa. — Além do que, você já morreu. Mal não vai fazer.

Ele passou metade do jantar tentando me convencer. A outra metade foi comentando a respeito dos demais clientes presentes ali. Na mesa de trás estava Kyuubi Kurama, a raposa de nove caudas. Me impressionei ao ver que parecia um homem bastante bonito, com cabelos prateados, orelhas felpudas e, claro, nove caudas tremulantes.

Na mesa ao lado encontrava-se parte do clã dos *Tengu*. Poderosos homens de nariz comprido e asas lustrosas de corvo.

— Tudo isso é muito interessante — falei — mas ainda não explica por que vim parar aqui.

Daruma tomou o saquê em uma golada.

— A questão é a seguinte: quando você fez o pedido pintando o olho do meu boneco foi como se assinássemos um contrato. Pelo meu poder, garantido pelo *Mahou*, eu sou obrigado a realizar seu desejo. Só que você morreu. Isso ferra as coisas para nós dois, já que nem eu, nem você poderemos prosseguir com nossas vidas. Ou morte, no seu caso.

— Então eu vim parar no "nada"?

— Na verdade eu roubei sua alma pra cá — disse, me deixando bastante surpreso. — Existe um método de te mandar de volta pra Terra. É arriscado e eu nunca fiz antes, mas é um jeito de limpar a nossa barra.

Me mantive em silêncio, observando Daruma tomar mais uma dose de saquê.

— São três tarefas que você precisa cumprir — ele explicou. — O tempo neste mundo corre diferente do seu. Dias aqui são minutos lá. Se conseguir passar pelas provas, provavelmente vai acordar vivo na ambulância.

— Certo, e quais são as tarefas? — perguntei ansioso. Queria começar agora mesmo.

— Não faço a menor ideia — Daruma disse, batendo o copo no balcão. — Essa é a parte ruim. Existe um ponto de partida, mas as tarefas só são reveladas conforme as anteriores são cumpridas. E mais uma coisa — sua expressão ficou mais sóbria e ele me encarou. — Se não cumprir as tarefas, você vai direto para o Inferno. Essa é a regra. Você pode desistir agora e eu devolvo sua alma para o departamento de travessia, ou... pode aceitar o desafio. Só quero que saiba bem quais são as cartas antes de decidir jogar.

Não soube o que responder. Continuei olhando para ele, mas minha mente estava dispersa. O peso daquela escolha me esmagava enquanto eu tentava analisar as possibilidades. Aceitar as tarefas parecia o certo a fazer, o problema é que não sou bom com provas, e não teria uma segunda ou terceira chance de tentar.

Ainda em silêncio, partimos do Akabeko para o alojamento de Daruma. Ele vivia numa pensão bastante exótica, com três andares de construção antiga e painéis pintados em *ukiyo-e* separando cada aposento. O quarto dele era de tatame, um pouco menor que o meu, com uma mesa de centro baixa e um jogo de *futon* num dos cantos. Aparentemente ele não precisava de nada além disso. Pela janela redonda via-se um belo jardim, com árvores bem podadas e uma plantação de lírios--da-aranha-vermelha lindas como nunca vi antes.

Só percebi que Daruma havia saído quando ele voltou, me assustando com o barulho da porta.

— Escuta, Koji, eu sei que tudo tá confuso, mas você precisa comer — disse, deixando uma bandeja de arroz e carne sobre a mesinha. – A alma é como o corpo físico, precisa de cuidados, senão fica doente.

Eu estava mesmo com fome, apesar da teimosia. Me sentei ao lado dele e fiquei surpreso com o gosto da comida. Era fantástica e o sabor explodia na minha boca como um show de fogos no Obon. Devo ter parecido bem desesperado, porque Daruma não parou de rir.

Depois, me senti satisfeito e até feliz. Deitei no tatame e percebi que Daruma me observava.

– Eu não queria te apressar, mas preciso saber o que você vai fazer – disse, me puxando de volta para a realidade. Ponderei um pouco antes de responder.

– Eu queria tentar, mas... eu não quero ir para o Inferno. O risco é grande demais. Talvez fosse mesmo a minha hora, sabe. Talvez não tenha nada mais que eu possa oferecer pro mundo. – Suspirei e coloquei a mão na testa, sentindo o medo me assombrar.

– Qual é, Koji! Você vai desistir da sua vida assim, mal tendo começado? Você acha mesmo que vai se sentir realizado na vida eterna, sem pensar em tudo o que deixou pra trás? O pior Inferno é o que a gente vive dentro de nós mesmos, entendeu? E desse, cara, não dá pra fugir. – Colocou tabaco em seu cachimbo longo e o acendeu. – Além do que, eu vou te ajudar nas tarefas.

Daruma tinha razão. Fui um perdedor a vida inteira e não podia ser um fracasso na morte. Eu tinha uma chance e decidi aceitar. Nenhum momento seria melhor para dar tudo de mim.

As provas começariam amanhã e eu estava pronto.

Pelo menos achava que estava.

● ● ●

O dia raiava estranho no Mahou. Não existia um Sol para nascer, mas uma luz avermelhada entrou pela janela, me despertando. Me espreguicei e vi que Daruma ainda dormia do meu lado. Percebi pela primeira vez o cheiro doce que ele emanava, sutil como um incenso aceso. Por algum motivo aquilo me acalmou.

Mas a tranquilidade foi embora quando rumamos para encontrar minha primeira tarefa. O ponto de partida. Atravessamos um bosque e a trilha desembocou aos pés de

Daruma

um morro. O vento se tornou mais gelado enquanto subíamos. No topo, uma gigantesca árvore se espalhava, folhas verdes e galhos grossos. Sentado em suas raízes, um homem de costas, cabelos negros esvoaçantes, vestindo um *kimono* cinza sem texturas.

Estremeci quando virou para mim. Não havia olhos, nariz ou boca em seu rosto, apenas uma massa disforme de pele. Daruma segurou meu braço e sussurrou perto do meu ouvido:

– Noppera-bô. O espírito sem face.

Saber seu nome não me acalmou, mas respirei fundo. A criatura se aproximou, parando a menos de um metro à minha frente. Aquela gelatina formou um par de lábios de onde saiu uma voz bizarra, nem masculina nem feminina, e seu indicador apontou para mim.

– O humano tolo vem até mim, desejar o doce beijo da primavera. Mas pode retornar ao que foi aquele que mal sabe o que era?

O chão estremeceu e rachaduras se abriram em um círculo ao nosso redor. Delas saíram paredes de pedra e uma cortina de poeira que me fez tossir e fechar os olhos. O terremoto me derrubou e pude levantar apenas quando tudo parou. O morro desaparecera, assim como Noppera-bô. Estávamos apenas Daruma e eu no meio de uma sala escura, um pequeno facho de luz entrando por uma fresta no teto.

– Onde estamos? – perguntei, olhando em volta. Havia quatro portas, uma em cada ponto cardeal. Ao lado de cada, uma mesinha de madeira segurava uma máscara, todas brancas, sem expressão.

– Não sei, Koji. Nem sabia que existia um lugar como esse no Mahou. Deve ser apenas para a tarefa. – Ele parecia tão preocupado quanto eu.

Caminhei até a porta do leste e tentei abri-la. Trancada. Vi um pequeno gancho ao centro e pensei que talvez devesse pendurar a máscara ali. Também sem resultados. Daruma checou as outras portas e balançou a cabeça, desapontado.

– Talvez você tenha que usar as máscaras – sugeriu.

Tive um péssimo pressentimento. Se a punição do meu fracasso era o Inferno, certamente a provação não seria feliz. Meu coração bateu forte quando aproximei a máscara do rosto. Senti a madeira colar em mim e me pressionar. Tentei gritar, mas minha boca estava grudada na parte de dentro,

Dana Guedes

puxando minha pele como se fosse arrancá-la. Quando finalmente tirei a máscara, a expressão nela havia se transformado. Era agora um homem doente, cansado e triste. Nas bochechas, covas profundas e a boca torcida para baixo, em lamentação.

Coloquei a máscara no gancho e a porta se abriu. Daruma não pôde atravessá-la e disse não ver nada ali dentro. Mas eu vi. Vi os vales da cidade onde nasci, toda a calmaria da qual eu fugira. Vi a mim mesmo quando criança, ajudando meus avós na plantação, me sentindo sozinho e desajustado naquele lugar sem esperanças. Vi minhas brigas com meus pais e o quanto os magoei com palavras duras, quando saí de casa sem eira nem beira para tentar a sorte em Tokyo. Então me vi mais sozinho ainda, invisível naquela cidade sem fim. Centenas de pessoas sem face e sem coração, cruzando meu caminho sem ouvir meu choro. Meus amigos dando as costas para mim. Minha morte solitária, sem ninguém para segurar a minha mão.

Fechei a porta e estava em prantos. Meu coração em pedaços. Daruma me segurou pelos ombros, me olhando assustado, mas eu não conseguia responder o que havia acontecido. Era doloroso demais.

— Eu não posso continuar. Não quero mais ver isso — chorei, escondendo o rosto entre as minhas mãos.

— Koji, você tem que ser forte, tá bem? A tarefa vai tentar te derrubar, mas você não pode desistir. Eu estou aqui, juro que não vou sair do seu lado.

Ele me levou até a porta do oeste. Peguei a máscara querendo que tudo aquilo terminasse logo. Vesti-a, sentindo aquela dor mais uma vez, e uma expressão diferente apareceu. Dessa vez era uma mulher, com cabelos longos. As sobrancelhas se contorciam em angústia, assim como seus dentes cerrados. Ela parecia sentir tanta dor quanto eu.

Quando a porta se abriu, estava no meu antigo emprego, antes da loja de conveniência. Um restaurante onde trabalhava de garçom. Vi meu antigo colega, Shin, sorrindo para mim. Costumávamos nos divertir muito, não apenas com as brincadeiras no trabalho, mas especialmente nos finais de semana. Esqui, bicicleta, piquenique e parques de diversão. Era como estar sob uma luz quente e aconchegante de felicidade. Até ele descobrir que eu havia me apaixonado por ele e me humilhar de todas as formas possíveis, me comparando a aberrações por ser gay. Tive que pedir demissão, quando ele ameaçou dizer ao nosso chefe que eu o havia "assediado sexualmente".

Fechei a porta. Não tinha vontade sequer de levantar a cabeça. Nunca mais amei ninguém depois de Shin. A dor foi tanta que a solidão se tornou mais amigável.

– Koji... – Daruma me chamou, mas eu não quis responder.

Caminhei até a porta sul sentindo um vazio devorar minha alma. Nem me importei com a dor de vestir a terceira máscara. Também não me espantei ao vê-la ganhar chifres e tomar a aparência demoníaca de uma *Hannya*.

Abri a porta para o caos. Não havia cenas ou imagens, apenas vozes. Gritos aflitos, sôfregos, amargos. Percebi que era tudo meu. Sentimentos e pensamentos, todos condensados ali, em meio àquela nuvem de escuridão, me perfurando como agulhas compridas. Berrei com toda força e senti o ódio queimar dentro de mim. Raiva dos meus fracassos, de ser um imbecil. Senti inveja de todas aquelas pessoas felizes que me rodeavam, com uma vida de sonhos e amor. Eu podia rasgá-las ao meio com minhas grandes e novas unhas negras e afiadas. Podia dilacerar o mundo inteiro e destruir todas as portas que se fecharam para mim.

Urrei até arranhar meus pulmões, a garganta arder. Peguei a maldita máscara de *Hannya* e a joguei longe, partindo-a em mil pedaços. A sala começou a tremer e eu comecei a rir. Ia ser ótimo destruir tudo aquilo. Que se dane essa prova. Que se dane voltar. Gargalhei mais alto e senti prazer como nunca.

Então senti os braços de Daruma ao meu redor. Tentei me soltar, mas ele apertou o abraço. Era quente, confortável, e por um segundo pensei ter ouvido as batidas de seu coração. Ele segurou meu rosto e me forçou a encará-lo. Seus olhos penetraram os meus a ponto de me paralisar.

– Koji, me escuta! Você tem que se controlar. Precisa aceitar todas suas fraquezas. Você não entendeu ainda? Essa é a prova! Você precisa saber quem você é!

– EU NÃO SOU NINGUÉM! – gritei, segurando as mãos dele. – Eu nunca conquistei nada, nunca fui amado, não há nada dentro de mim pelo que valha a pena lutar!

– De todas as coisas que eu poderia te chamar agora, vou ser legal e dizer apenas "idiota"! – Daruma disse, e me puxou mais para perto, nossas testas coladas e seu olhar fixo no meu.

– Você não é especial pelo tanto de merda que passou na vida,

Koji. Todo mundo come bosta, abra os olhos de uma vez! Você é jovem, esforçado e tem uma família que te ama e apoia. As pessoas não são felizes porque são perfeitas, mas sim porque aprendem a aceitar os próprios defeitos. A levantar depois de cada derrota. E lembre que você nunca vai estar sozinho.

As paredes pararam de tremer e senti meu corpo desmanchar. Daruma me segurou e eu me inclinei na direção dele, me apoiando em seus ombros. Eu estava fraco, cansado, mas não podia mais fugir de quem eu era. Podia aprender a conviver. Fazer as pazes com as minhas sombras.

Com a ajuda de Daruma, caminhei até a última porta sem saber o que esperar. Vesti a máscara e a expressão se transformou.

Para minha surpresa, ela parecia exatamente igual a mim.

Sorri quando o caminho que se abriu nos levou de volta ao alto do morro, perto da árvore troncuda. Noppera-bō desaparecera, mas uma arca de madeira escura ocupava seu lugar. Fui até ela e levantei a tampa. Encontrei uma espada embalada num tecido antigo, pintado à mão. Na bainha, uma gravação dourada:

"O guerreiro de Edo toma a espada, veste a armadura despe-se do medo."

— Parece que temos a pista para a segunda prova.

· · ·

Apesar de muitas tentativas, não consegui de forma alguma desembainhar a espada. Não havia corda ou trava que a prendesse, mas mesmo assim estava grudada, provavelmente por força de algum encantamento. Nem mesmo Daruma sabia dizer o que era.

Presumi que essa fosse a própria tarefa. Descobrir uma forma de quebrar o selo.

Quando a noite seguinte caiu, eu estava exausto e frustrado. Me joguei no chão próximo ao jardim dos lírios-da-aranhavermelha, ainda com a espada na mão, e olhei para cima. Podia ver o céu sem estrelas, com as nuvens se movendo feito ondas. Minha cabeça pesava.

Daruma sentou ao meu lado e olhou para mim. Ele parecia cansado também, apesar de sempre disposto a uns bons goles de saquê. Vi quando ele tirou uma pequena garrafa da manga e bebeu do gargalo.

— Acho que não te agradeci direito por tudo o que fez por mim — eu disse, e ele me olhou como se não compreendesse. — Com as máscaras. Eu nunca teria passado a primeira prova se você não estivesse lá.

— Ah, isso? Não tem por que me agradecer. Além do mais, eu não deixaria nada acontecer com alguém tão querido do velho Kyouhei — Daruma disse, deixando um riso escapar.

Fiquei surpreso por ele citar o nome do meu avô.

— Você o conheceu? — perguntei, e me sentei, virando de frente para ele.

— Claro. Ele tinha o dom de me ver, mesmo na Terra. Éramos bons amigos, quando ele tinha mais ou menos a sua idade. Vocês se parecem um pouco, mas ele não era tão bonito. — Daruma riu.

Meu rosto ficou quente e eu não soube como reagir. Nunca ouvi nada assim antes, especialmente de outro homem. Ele percebeu meu desconforto e arqueou a sobrancelha.

— O que foi? Ninguém nunca disse que você é bonito? — Senti minhas maçãs do rosto ferverem.

— Não desse jeito — respondi, não querendo contar que a única pessoa que já me elogiara fora minha mãe.

— Que bobagem! É impossível uma mulher nunca ter olhado pra você assim. — Daruma se inclinou e retirou meus óculos, o olhar fixo no meu. — A menos que garotas não façam seu estilo. Garotos, então?

Meu coração palpitou forte e continuei a encará-lo, sem conseguir me lembrar da última vez em que estivera tão perto de alguém. Sua pele parecia macia e eu podia sentir, de novo, o cheiro suave que exalava dele. Seus lábios finos se esticaram num sorriso e ele tocou meu rosto com as costas da mão.

— Acertei, né? Você não pode ser tímido assim, Koji. Quanto mais se fecha, mais o amor demora pra te achar.

Me arrepiei quando a boca dele tocou a minha em um beijo repentino e rápido. Apenas uma carícia de seus lábios, suave, mas avassaladora. Meus olhos continuaram abertos, estáticos, e buscaram os dele quando nossos rostos se separaram. Percebi que ele me encarou com um brilho diferente no olhar. Surpreso e atônito, assim como eu. O tempo parou e o silêncio que nos envolveu foi profundo, eu podia ouvir nossas respirações compassadas no mesmo ritmo.

E então, tique-taque.

O relógio se moveu e nossas bocas se encontraram novamente. A calmaria ficou para trás e uma tempestade explodiu entre línguas entrelaçadas, violentas e famintas. Mãos cobiçosas tocavam pele e roupas e eu gemi, sem vergonha, quando senti um puxão no cabelo. Meu corpo estava ardendo e cada raspão da barba de Daruma era uma fagulha que incendiava minha sensatez.

Nunca senti nada assim antes. Em um piscar de olhos, deixamos o jardim e voltamos ao quarto de Daruma. Não sei dizer como. Nada existia além daquele beijo, daquele perfume inebriante, do corpo dele apertado contra o meu.

Ele se sentou no futon macio, esticado sobre o tatame, e me puxou para o colo dele. Minhas pernas envolveram seu corpo e me apoiei em meus joelhos, ficando mais alto do que Daruma. Ele aproveitou a circunstância para beijar meu pescoço e lamber atrás da minha orelha, me fazendo arrepiar e gemer ainda mais alto, enquanto eu agarrava com força os ombros dele.

Nem percebi que já estava me movendo. Meus quadris se remexiam impulsivamente, gritando o nome dele, rebolando contra seu baixo-ventre. Daruma abriu o zíper da minha calça e tocou meu pênis por cima da cueca. Quase gritei. Derreti como um cubo de açúcar, sem chances de resistir àquela mão de café forte, intenso e gostoso. Vi a última gota de sanidade em mim escorrendo entre os dedos dele.

Com a palma da mão, ele pressionou meu falo e o massageou em círculos. Eu não parava de gemer. Achei tudo aquilo muito injusto. Também queria enlouquecê-lo e desvendar o corpo dele, como fazia com o meu.

Foi bem fácil despi-lo do *kimono*. O tecido era leve e escorregou pelos ombros quando afrouxei o *obi* que o atava. O peito dele se descobriu. A pele macia e quente desenhava os músculos bem torneados de seu tórax e abdômen. De certa forma, suas cicatrizes o tornavam ainda mais sensual. Meus dedos percorreram cada centímetro com desejo, e fiquei com mais tesão ao acariciar seus mamilos. Ousei lambê-los.

– Koji... – Daruma gemeu no meu ouvido e minha excitação cresceu.

Chupei o peito dele e, com a língua, completei o caminho até seu pescoço. O cheiro dele penetrou minhas narinas e aumentou minha fome. Minha vontade dele. Devorei os lábios de Daruma e senti a mesma avidez em retorno. A boca dele engolia a minha, me mordiscava e me queria, enquanto as mãos me despiam de cada peça de roupa que eu ainda vestia.

Não havia espaço nem tempo para pensar na loucura que era tudo aquilo. De certa forma eu queria passar longe da razão que me regeu a vida inteira. Senti como se o oceano, vasto e belo, se abrisse diante de mim, e minha única vontade era mergulhar. Deixar as águas me envolverem e dançar pelas ondas, embalado pela maré.

Daruma esfregou os dedos no espaço entre as minhas nádegas e me preparou para o que estava por vir. Eu não aguentava mais esperar. Encaixei-me no corpo dele e o senti me penetrando devagar. O gemido morreu em minha garganta num misto de dor e prazer. O ardor me fez cravar as unhas nas costas dele, mas não parei. Relaxei o quadril e o deixei entrar completamente.

Minha respiração estava agitada e meu coração a mil quando o olhei nos olhos de novo. Daruma me deu o sorriso mais bonito que já vi e limpou com gentileza o suor que escorria da minha testa.

– Você é lindo, Koji... – disse, derretendo o que havia sobrado de mim.

Respondi abraçando-o mais forte, de um jeito íntimo, começando a cavalgar em seu corpo. Daruma mexia o quadril também, no ritmo perfeito de encontro ao meu, cada vez mais veloz. Gemi alto, desenfreado, sentindo cada instante daquele êxtase. Livre. Excedi meus limites, sentia como se fosse voar.

Não sei quantas vezes trocamos de posição, pois ora eu estava por cima, ora estava de quatro e ora sentia minhas costas apoiadas ao peito de Daruma. Confiei nele e, sem precisar pintar seu olho, ele me concedeu todos aqueles desejos maravilhosos. Incríveis como eu nunca poderia imaginar.

Gozamos juntos e eu quis que ele o fizesse dentro de mim. Senti o prazer quente de Daruma escorrendo entre minhas coxas e sorri, cansado e satisfeito, deitando sobre o *futon*.

● ● ●

Acordei no dia seguinte nu, aninhado no corpo de Daruma. Meu rosto descansava sobre o peito dele e um de seus braços envolvia minha cintura. Pensei que fosse sentir vergonha quando abrisse os olhos, depois de tudo o que fizemos, mas estava enganado. Sorri feliz e acariciei o rosto adormecido daquele homem tão bonito. Toquei os lábios dele com a ponta dos dedos e ele despertou, me oferecendo um sorriso preguiçoso como cumprimento.

– Bom dia... – falei, surpreso com o quão melosa minha voz soou. Tossi para ver se ela voltava ao normal.

– 'Dia. Caramba, Koji, eu tô velho pra essas coisas... – ele riu, estalando as costas e colocando a mão sobre a lombar. – Achei que você ia ser virgenzinho, mas olha só, quase me matou.

Eu ri, um pouco tímido. A verdade é que nem me lembrava direito do que fizera na noite anterior.

– Não estou muito melhor... – eu disse, percebendo como era difícil me levantar.

Daruma abriu a boca para caçoar, mas sua atenção foi desviada para um dos cantos do quarto. Olhei também. A espada encantada emitia um brilho amarelado e faíscas dançavam ao redor do *tsuba*. Intrigado, fui até ela e a segurei. Os lampejos cintilantes envolveram meu pulso e, sem fazer nenhuma força, desembainhei a *katana*.

Arregalei os olhos quando uma rajada de vento rodopiou pelo quarto, fazendo voar cabelos, roupas e tudo o que havia de papel por ali. A lâmina reluziu em dourado e ideogramas surgiram por toda sua extensão. Quando a frase foi concluída, a ventania parou.

– O que foi que soltou a espada? – eu estava confuso.

Daruma também não entendeu. Cerrou as sobrancelhas, pensativo, e então pareceu ter um estalo. Seus olhos se acenderam e ele acenou com as mãos.

– A frase! Você é o Guerreiro de Edo! – ele disse e continuei sem compreender. – "Veste a armadura, despe-se do medo." Qual era seu maior medo, Koji?

– Não passar no vestibular? – perguntei, encarando Daruma. Ele parecia maluco.

– NÃO! Seu maior medo era de amar! De se entregar, ser rejeitado, ficar sozinho. Não foi isso que a prova das máscaras te revelou? E ontem, quando a gente transou...

– ... eu não tive medo – concluí o pensamento. Tudo se encaixava perfeitamente.

– Sou um gênio, vem cá me dar um beijo – ele disse, mas

não esperou. Roubou um selinho ali mesmo, fazendo meu peito formigar.

— Certo, gênio. Me ajude com mais esse trabalho então. O que é isso? — perguntei, mostrando os novos ideogramas na lâmina da espada. Era uma caligrafia bem antiga, misturada com chinês, e eu não fazia ideia de seu significado.

A expressão de Daruma se tornou sombria e meu estômago embrulhou. Fosse o que fosse, não parecia bom.

— É a Língua dos Deuses. Um trecho apócrifo do *Kojiki*, o livro mais antigo do Japão — ele disse, decifrando a passagem. — Fala sobre a verdade enterrada no fundo do rio dos mortos.

— O Sanzu? — perguntei. Era uma crença bastante conhecida. O rio com três travessias que levavam as almas para a vida eterna.

— Sim — disse, preocupado. — Existe uma lenda a respeito da Joia da Verdade, Kotowari, que pode ser encontrada no fundo do Sanzu. Em toda a minha existência, nunca soube disso ser verdade. Se essa prova for literal, Koji... Não quero nem pensar.

Qualquer garoto do interior sabia de cor as histórias terríveis a respeito daquele rio, em cujas águas moravam os piores demônios, assombradas pelos horrores da Humanidade. Mergulhar para procurar uma joia era uma tarefa impossível de se realizar.

Suspirei, pensando no que estava em jogo. Eu não podia falhar.

— Temos que ir até lá. Se é isso o que tenho que fazer... Eu preciso tentar — disse, apesar do medo. Olhei para Daruma e me lembrei de algo. Uma pergunta que não fiz. — Você nunca me disse o que vai acontecer com você se eu não conseguir cumprir as provas.

Uma risada amarga escapou dos lábios dele.

— Eu morro também.

• • •

Estávamos muito além das colinas do *Mahou-kai* até vislumbrarmos o rio. O cenário amigável e divertido que preenchia as ruas do distrito ficou para trás e uma paisagem de horror se fechou ao redor de nós. Árvores negras, de galhos secos e retorcidos. Relâmpagos se entrelaçavam atrás das nuvens, manchando o céu roxo escuro. Vozes agourentas e gemidos de dor compunham uma canção lúgubre ao fundo.

Rasgando a terra, como uma enorme ferida aberta, estava o Sanzu, cheio até a boca com suas águas turvas, vermelhas feito sangue. Pude ver tudo o que as histórias contavam. A ponte de pedra, para a travessia dos inocentes. O caminho estreito para os pobres pecadores e o desespero para as almas condenadas, que teriam que enfrentar as profundezas do rio. Como eu.

– Teremos que pegar o barco – Daruma disse, e tocou meu ombro, percebendo minha tensão. Ele também não parecia nada relaxado.

Nós nos aproximamos de um velho ancoradouro e caminhamos sobre a madeira apodrecida até alcançar uma canoa. Dentro havia uma pessoa, coberta por um manto negro da cabeça aos pés. Ela esticou a mão cadavérica e Daruma lhe entregou seis moedas.

– Podem subir. – Era uma voz de mulher.

Sentei-me de frente para a barqueira e senti um arrepio. Sua pele cinza, enrugada como se apodrecida sob a água. Eu podia ver veias esverdeadas cobrindo seu peito e subindo até o rosto. Mas o que mais me apavorou foram os olhos, cobertos por uma venda suja e perfurados por um punhado de agulhas.

A barqueira remou e navegamos sobre o rio. Eu podia ouvir ganidos abaixo de nós, borbulhas, sussurros. Inclinei-me um pouco para olhar e vi um emaranhado de fios de cabelo na água. Eram muito longos, como uma trilha, que de repente chegou ao final: uma face branca, pavorosa, com olhos negros, sorrindo para mim. Tomei um susto e Daruma segurou minha mão com força.

– Não olhe pra nada agora. Poupe-se de tudo isso – ele disse, sem me soltar.

O medo passou a se apoderar de mim. Pensei sobre *mergulhar* ali e talvez nunca mais sair.

– Para onde temos que ir? – olhei apenas para Daruma.

– Eu não sei, Koji. Estou esperando a espada nos guiar...

Trouxemos a *katana* sem saber que utilidade teria. Desembainhei-a e a guardei diversas vezes antes de desistir e esperar. Deitei o rosto no ombro de Daruma e percorremos mais alguns quilômetros do Sanzu, que se expandia sem fim. Quase me acostumei com o ódio e a agonia que nos cercava. Não sentia mais o cheiro fétido no ar.

Quando perdia a esperança de completar a terceira tarefa, um brilho azulado reluziu dentro do barco. Era a lâmina da espada. A luz tremia, mas se intensificava conforme seguíamos viagem. Daruma estava certo, era mesmo uma bússola. Mais à frente as margens se abriram, o rio ficou mais largo e o clarão da *katana* quase nos cegou.

A barqueira guardou o remo, o barco parou de se mover e a luz se apagou. Havíamos chegado ao nosso destino. Não sei o que senti, mas não foi felicidade.

– Tá bem, Koji. – Daruma suspirou e me segurou pelos ombros. – Você tem que pular com o máximo de impulso para baixo, pra chegar no fundo o mais rápido possível. Quanto tempo você consegue segurar a respiração?

– Eu não sei, eu nunca fui do tipo esportivo. Eu sei nadar, mas nada muito avançado. – Não era o que ele queria ouvir. Percebi a preocupação em seu olhar.

– Então vai ter que ser bem rápido. Eu não posso ir com você, mas vou esperar aqui. Se qualquer coisa acontecer, volte. Estenda a mão e eu te puxo, entendeu?

Concordei com a cabeça e engoli seco. Virei-me de frente para o rio e fiquei alguns momentos em silêncio. A água se mexia com violência, apesar de não ter correnteza. Imaginei o que me esperava ali embaixo.

Então tirei minha camisa e pulei.

A água era quente, viscosa e pesada. Bati meus braços e pernas, nadando para onde eu acreditava ser o fundo, já que não enxergava um palmo à minha frente. Era difícil manter os olhos abertos, e uma gosma se acumulava nas minhas narinas e boca. Continuei nadando a esmo, virando a cabeça para todos os lugares, procurando qualquer sinal da joia.

Nada.

Não me sobrava muito tempo sem respirar, achei melhor retornar à superfície e mergulhar novamente. Virei o corpo para subir e vi uma luz fraca, esverdeada, abaixo de mim. Não parecia muito longe. Nadei em direção a ela, com os braços esticados. O brilho ficou mais forte, ao ponto de parecer uma grande lâmpada presa ao lodo, no chão.

Cheguei a sorrir. Era a própria Kotowari, linda, reluzente. Segurei-a com força entre os dedos, a coloquei no bolso da calça e tomei impulso para voltar. Então algo segurou as minhas pernas e eu pude dar uma boa olhada ao meu redor. A luz da joia atraiu os demônios como moscas. Eles vinham em minha direção, com suas faces pálidas e deformadas. Almas atordoadas, ainda carregando as feridas de seu antigo corpo mortal, suas bocas dilaceradas, gritando para mim. Ou entidades que nunca foram humanas, olhos redondos e arregalados me encarando e línguas compridas tentando me tocar.

Eu me debati e tentei puxar minhas pernas, mas o esforço só me levava mais para o fundo. Os grunhidos das criaturas me enlouqueciam e, em pânico, abri a boca para gritar. Engoli água e perdi o pouco de ar que me restava. Olhei para baixo e vi pela primeira vez o que me segurava. Serpentes.

Uma delas começou a se enrolar ao redor de mim. Senti sua força me apertando, espremendo minha vida para longe. Meu corpo não tinha mais energia para se mover e as imagens começaram a desaparecer. Eu estava morrendo de novo. Lutei para manter os olhos abertos, mas eu não conseguia, era tarde demais.

Me desculpe, Daruma. Me desculpe.

Minhas pálpebras estavam quase fechando quando vi algo grande, caindo bem próximo de mim. Era a espada. Claro. Como não pensei nisso antes? Estiquei o braço e consegui alcançá-la. Eu não podia morrer. Não podia deixar Daruma morrer. Aquilo não era o fim.

Tirei forças do lutador que descobri em mim. Desembainhei a espada e brandi a lâmina. Cortei a serpente que me segurava e os outros demônios se afastaram, com medo dela. E então eu subi. Nadei e nadei e nadei... mas a superfície ainda parecia longe. Eu estava me afogando, podia sentir a água em meus pulmões.

"Estenda a mão e eu te puxo", ele dissera. Fiz isso. Estendi a mão e desmaiei.

• • •

Acordei tossindo e vomitando uma gosma. Estava todo coberto dela.

– PUTA MERDA! – Daruma gritou e me abraçou apertado. – Você tá vivo! Eu fiquei desesperado, achei que você tivesse morrido! Joguei a espada, mas não fazia ideia do que estava acontecendo, eu... caramba, Koji! – Ele me deu um beijo na boca e eu ri, o abraçando de volta.

Eu consegui. Venci a maior prova de todas. Driblei a morte dentro de minha própria morte.

Pedimos para retornar e a barqueira estendeu a mão mais uma vez. Outras seis moedas. Geralmente as viagens com ela são apenas de ida, nunca fiquei tão feliz por ter uma volta.

• • •

Sorri e me despedi mentalmente do *Mahou*. Tentei guardar cada detalhe, pois sabia que era a última vez que o veria. As lanternas flutuantes, os *Wanyudou* rodando pela rua, puxando carroças repletas de criaturas fantásticas, o barulho e a música. Era como um sonho que eu iria sentir falta de ter.

— Vamos, Koji? O portal já se abriu — Daruma disse, e me guiou até a saída. Dei uma última olhada para trás.

Voltamos ao primeiro lugar que vi depois da morte. Uma enorme esfera de luz aberta no meio do deserto, pulsando, esperando por mim. Caminhei até ela e pude sentir o calor que emanava. A vida me chamando de volta. Daruma sorriu e segurou minha mão.

— Vou sentir saudades — falei, sem hesitar, e o abracei. — Eu não teria conseguido sem você.

— Eu não fiz nada, Koji. Tava tudo dentro aí dentro... — ele disse, e tocou meu peito, sobre o coração.

Beijei a boca dele de novo, não sei dizer por quanto tempo. Deixei minha língua memorizar o gosto, a textura dos lábios do homem que mudou a minha vida. Que despertou o melhor de mim. E então era hora de ir. Os dedos de Daruma ficaram entrelaçados aos meus até o último momento.

Peguei a Kotowari e a pressionei contra a luz. No mesmo instante a esfera se transformou em uma parede fina e transparente. Parecia vidro, mas era uma camada de líquido espesso, oscilante. Pude ver Tokyo do outro lado, a silhueta dos prédios à noite, com milhares de janelas acesas e letreiros piscantes por todos os lados.

— Boa sorte... — Daruma sussurrou.

— Não existe sorte, só existe "acreditar".

Sorrimos juntos e o portal me envolveu. A sensação era como se eu deitasse em uma banheira de gelo. Não podia abrir os olhos, mas me sentia afundar mais e mais naquela água fria. Tudo ficou calmo, quieto, como se nada existisse. Nem mesmo eu.

Acordei dias depois, na cama de um hospital.

Era noite e minha mãe dormia numa poltrona ao meu lado. Me movi e a fiz acordar sem querer. Seus olhos encheram de lágrimas ao me ver lúcido e ela se conteve ao me abraçar, já que eu tinha pelo menos um braço e três costelas quebradas.

Em seguida uma enfermeira apareceu para checar meu pulso e pressão, comentando sobre o acidente horrível e a sorte que eu tive em sobreviver. *Sorte.* Ri de meu próprio pensamento e, então, reparei numa peça sobre a mesa ao lado da minha cama. Apoiado num vaso de flores e num cartão de melhoras estava meu pequeno *Daruma,* olhando para mim.

— Você não parava de falar o nome dele enquanto dormia — minha mãe comentou. — Achei que trazê-lo ia te dar forças para melhorar.

— Com certeza deu, mãe. Mais do que você imagina... — eu disse, sorrindo.

Voltei a dormir com o boneco nas mãos. Não o soltei durante nenhum dia dos que passei no hospital, tampouco quando fui embora.

Meus pais me levaram de cadeira de rodas à sala de aula para o vestibular. *Daruma* ficou na minha mochila, torcendo por mim.

· · ·

Meu coração pulou quando colocaram a lista de aprovados nos murais externos da faculdade. Senti meu estômago revirar e o intestino fazer uma performance de contorcionismo, enquanto eu caminhava em direção das inúmeras folhas de papel grudadas na parede. Ajustei os óculos no rosto e procurei meu nome. Koji Kimura.

Foi incrivelmente fácil de achar. Estava em primeiro lugar.

Lolipop
Claudia Dugim

Lop

— Minha cidade é perfeita e linda. Eu sou lindo e perfeito. Falta tempero. Aquela ardência no céu da boca, sabores exóticos rolando pela língua. Falta substância. Sensação de passar dos limites quando se come demais: peso no corpo, deleite desconfortável. Falta alegria. Aquele sorriso apertado no canto dos lábios enquanto se pensa besteira. Meus dias no Paraíso tinham tudo e nada ao mesmo tempo.

A maré levou para longe o mar, e eu me sentia triste. Havia imaginado que se viesse à praia – prazer proibido, cercado de arames e avisos – observar a linha azul e infinita e a espuma a formar caracóis na areia, ajudaria esquecer o meu destino, carimbo padrão que devo honrar até a morte. Não que não seja feliz sendo o que sou. Pelo contrário, não seria diferente, nasci assim, como disseram os doutores, e fui aceito assim, um "Ho". Nesta sociedade cada um tem seu lugar e é respeitado. O problema são as castas.

Tive tantos amantes quanto me permite o "L" ao final do código em meu antebraço. Liberdade de parceiros. Desde os 16, quando meus pais me permitiram trazer o primeiro para casa, eu me submeto e subverto o "A" que antecede o "L". Sou "P" de passivo. Espero que admirem minha bunda, minha boca, meus dentes, percebam a cintura delineada. Tenho muito orgulho de meus pequeninos "seios", eles quase não aparecem, nem poderiam. Camisas transparentes ou apertadas, dou um

Lolipop

toque discreto aos meus mamilos minúsculos quando outros me observam, e dane-se o "M" que determina minha aparência. Acho que nasci no corpo errado, um "F" combinaria melhor comigo.

HoMAL é o meu sobrenome social, os amigos me chamam Lop. Quando me perguntam a origem, digo: liberto, orgulhoso, promíscuo. Na verdade eu amo um "lolipop", artificial ou natural.

Depois da praia e de mais um amante eventual, minha tristeza continuava a mesma. Fui comprar um pirulito sabor cereja na loja de doces eróticos no centro antigo, lugar que adoro. O calçamento de pastilhas cobertas da chuva artificial da manhã, os prédios cor de caramelo e chocolate, com detalhes em creme, abraçando acolhedoramente quem passa pela rua. Eu sei passar por uma rua e deixar meu balanço e meu perfume, virar cabeças. Observo todos de cima, parecendo intocável, só que não, fazendo a *egípcia* de 1,90 m + saltos. Egípcios eram baixinhos, ponderei. Dei um sorrisinho para mim mesmo na vitrine espelhada da loja de echarpes, senti a brisa que traz a tarde sussurrando: "a felicidade te esperava na porta ao lado."

Vi-o de costas a primeira vez. Na escada, empilhando "Rodelinhas Açucaradas" na prateleira superior. Adoro "rodelinhas", mas não podia perder a forma sequinha – sem gordura, sem músculos, só pele, ossos, carne e delícia – e não fabricam rodelinhas *diet*. Sem tirar os olhos do rapaz pedi para o Sr. Tumis, o dono da loja, um "Lolipop King Size" sabor cereja. Sempre carrancudo esse homem. Os robôs da orientação vocacional determinaram a este senhor, que não gosta de sexo – assim ele diz – um comércio de produtos eróticos. Não sei a razão.

– E a menina vai querer liso ou formato natural?

– Natural *diet*, por favor, e não sou menina – respondi sem muita convicção pela enésima vez. O Sr. Tumis não aprende a tratar bem os fregueses regulares. Para clarear a ideia e manter as regras, mostrei meu carimbo, também pela enésima vez.

– HoMAL, sei. Ho está certo, amor, mas o resto tá errado. Tenho anos nisso. Que os robôs não te peguem fazendo o que não pode. – O Sr. Tumis chamava os drones de robôs.

– Que os robôs não te peguem chamando os drones pelo nome de seus superiores, Sr. Tumis – retruquei. – Sabe quantas vezes já me chamou de mocinha, *lady*, garota, menina?

– Eu sempre esqueço. Vou prestar atenção na voz e não no biquinho da próxima vez – disse ele. Minha voz era muito grossa mesmo.

O Sr. Tumis tentou me empurrar um item a mais, como de costume. Só para me irritar, ele tentava me vender vaginazinhas de chocolate amargo, dizendo que era para eu me sentir "F". Mas nesse dia não me aborreci e nem prestei atenção. Pedi umas rodelinhas, esqueceria a dieta, não conseguia tirar os olhos do rapaz. Moreno, corpo bem definido, atlético, olhos profundos como o poço de todos os desejos. Negros. Ele sorriu. Eu fui tomado instantaneamente.

Kani

ninguém mais nasce com culhões nesta merda de cidade de merda, no lugar dos culhões colocam uma tatuagem ridícula, poderia ser no pinto ou na xeca, só interessaria a quem interessasse. minhas bolas só fazem figuração. seguro a respiração de dia e assopro à noite para ver se elas saem para fora de novo, tomam alguma atitude, nada. de dia tenho um trabalho regular numa loja de doces estranhos para pessoas entediadas, grudentos eles são e as pessoas, hilários. à noite investigo atividades suspeitas para os robôs, acompanhado de dois drones: em apartamentos de encontros, becos escuros, bares irregulares. eu sei, é tarefa suja. trabalho de duas/três horas, muito bem pago. minha esposa pensa que sou esforçado, meu patrão, Sr. Tumis, pensa que sou um imbecil sem cérebro, melhor assim, faço pouco. eu não acho nada de mim mesmo, afinal não tenho culhões que prestem, de resto ninguém vai com a minha cara porque sou bonito. eu não acho. é o que dizem, diziam. que se danem. não consigo nem deitar mais com minha mulher, digo a ela que estou muito cansado, mas a jornada dupla vai garantir o sustento dos nossos futuros filhos. ela acredita. quase tenho dó dela. eu gostava dela. só falta alguma coisa nesse negócio de casamento. talvez seja a falta deles, aqueles dois ovinhos dentro do saco de pele. durmo no sofá todos os dias. eu quero ficar sozinho, acompanhar as luzes dos carros passando de um ponto ao outro do teto do apartamento até dormir e acordar no meio de um pesadelo qualquer. de manhã, no café, Leila reclama, eu faço um muxoxo, e serve, ela tem um "P" no meio da tatuagem, de braços cruzados a letra parece um gatilho apontando para o estômago dela. o drone do meu vizinho passa pelo vidro da janela da

Lolipop

cozinha, ele é importante, tem seu próprio seguidor, esta é a deixa para sair e voltar à rotina.

Era meio dia, hora de puxar o toldo para proteger a vitrine, o sol da tarde derreteria os doces. Lá fora, eu girava a manivela enquanto observava o mundo dos que não precisam trabalhar. Foi minha desgraça. Bota de salto, calça escura, camiseta com a estampa do Baleia Azul, tudo colado no corpo. Superbunda, supermala e quadril. – Um HoF – pensei, acrescentando –, isso sim é que é HoF! Ele observava a vitrine da loja ao lado. Toldo na posição, entrei para organizar as balas em forma de buraquinhos. Balas onde eu moro custam 1 centavo, aqui 1000 vezes mais. Qual a diferença? São feitas com os mesmos corantes, edulcorantes e açúcar. Vai entender essa gente!

O HoF entrou na loja, mas não o vi, estava no último degrau da escada. O muquirana do Sr. Tumis não trocou as escadas por outras maiores depois que reformou a loja, mal conseguia me equilibrar. Olhava para as faixas de luz, parecidas com aquelas que observava no teto do meu apartamento à noite. Havia uma poça de água na frente da loja que refletia o sol enquanto a porta se fechava. Deu sono. Quando desci, vi que o HoF não tirava os olhos de mim, com certeza tinha um L no final da tatuagem, e ela devia ser tão bem feita quanto as unhas dele, pintadas de cor natural, menino rico

que F pinta as unhas de cor natural? e por que raios eu estava reparando nisso? por que raios reparei na bunda e na mala dele? fiz uma careta para o rapaz, o Sr. Tumis mandou um olhar enviesado para mim, sorri para o freguês enquanto descia a escada. ele abriu um sorriso de dentes brancos, polidos, reluzentes e outros adjetivos de orelha a orelha. foi a merda. o cara não tinha nada na cabeça, percebi. ele viu minha tatuagem, virei o braço para que ele a visse. HeMAC – compromissário, ativo, masculino, hétero. pensa que ele guardou o charme para outro! ele pegou aquela merda que já tinha dado e jogou no ventilador. o imbecil sussurrou para mim:

– A rodelinha é sua – enquanto me mostrava a tatuagem HoMAL.

onde estava o maldito "M"?!" Ativo?! para aquele desgraçado a cantada fora do padrão podia significar só uma multa, que não pesaria nada no bolso dele, pelo visto. para mim, cadeia. eu não tinha dinheiro reservado para as multas.

Lop

A felicidade é tão efêmera. Voltei para casa, esfregando o carimbo do meu antebraço, na esperança que desaparecesse. Nem fiz festa para meu cachorro Pipo. Desabei no meu sofá e comecei a chorar, eu tinha a vaga impressão de que chorava por nada. Meu coração foi quem me mostrou o motivo. Tirei o pirulito da caixa para lambê-lo, estava com uma vontade louca de enfiá-lo bem fundo na minha garganta e sufocar. Não fiz isso. Encostei-o ao peito e pensei no moreno da loja, abracei-o e lambi o buraquinho na ponta, beijei, circulei a glande com a língua e, para meu total espanto, comecei a conversar com ele. Contei das minhas tristezas, dos arrependimentos, de como me sentia sufocado pelo meu corpo e pelas injustiças deste mundo controlado por robôs. Minha cidade com sua ordem programada, que até aquele dia me parecia perfeita, perdeu a graça.

Saí para procurar um amigo, queria lamber um de verdade: de carne, quente, produtivo. Rafael estava sempre disposto, ele era um C, que gostaria de ser L. O Bi no começo de seu nome social me deixava confortável para fazer com ele o que quisesse.

Já anoitecia e, se havia algo mais adorável do que os prédios cor de chocolate nesta cidade, eram as luzes do quarteirão teatral. Eu queria ser um ator, mas, depois de passar pelo teste vocacional obrigatório, o robô determinou que eu ficasse em casa. Recebo para não fazer nada, muito frustrante. Um dos musicais em cartaz exibia na fachada balões em formato de animais marinhos. Rafael me mandou uma mensagem para esperá-lo embaixo da baleia azul. Ele, como eu, apoia os revolucionários.

Fomos para uma das galerias de passagem subterrânea entre os teatros, onde os drones não podem circular – sinal ruim, espaço apertado. Como era o começo da noite, o cantinho escuro cheirava ao cloro usado na limpeza. Ele me virou de costas com um pouco de violência, não gostei. A vida tem que ser doce, delicada em todos os momentos, acho. Abriu minha camisa de uma vez, passou a mão pelos meus seios e puxou meus mamilos, reclamei. Soltou meu cinto e acariciou meu pênis antes de abrir a braguilha, abaixou minhas calças e sem mais penetrou, e doeu. Parecia proposital, eu conhecia o corpo dele. O dele era largo. Encostei minha mão na perna

Lolipop

dele e pedi para parar, não queria assim, pedi três vezes. Não sentia prazer, sentia vontade de chorar, virei o rosto e vi o moreno da loja me observando no corredor. Relaxei na mesma hora, olhos negros me possuindo.

Kani

quando voltei do trabalho, discuti com minha mulher por qualquer coisa que não me lembro agora —esqueci de muita coisa a partir de Lop. fui para a área de vigilância designada. e que saco! a pior de todas, o quarteirão teatral. as pessoas achavam que podiam fazer o que quisessem por lá, que o livre pensar ainda prevalecia. eu é que não queria voltar a viver no passado sem honra que um dia dominou esta cidade.

só dava pervertido naquelas ruas, burlando as leis de castas. caralho! puta que pariu! ia ter trabalho sem parar, a última vez em que estive aqui, enquadrei treze idiotas de uma vez, Cs numa orgia grupal, Hes e Hos misturados num quartinho onde não caberiam cinco, uma bagunça, o cheiro de bebida, sexo e suor era insuportável, quis vomitar no banheiro, mas já estava sujo de vômito e bebida. pior foi achar que tinha ganhado a noite, treze — pensei —, fechei minha cota da semana. que nada! mandaram que voltasse para completar o turno, ainda peguei dois boquetes e mais três Cs, meninas que não tinham mais que quinze, em "situação comprometedora". situação comprometedora meu rabo, isso sim. fiquei com dó delas, se denunciasse o que estavam fazendo mesmo, iriam ser mandadas para o reformatório. eu estive em um, garanto que a tortura que os robôs chamam de "reorientação" é pior lá do que na cadeia. "hoje vou enrolar", pensei. pegar uns moleques nas passagens subterrâneas e passar uma hora dando sermão antes de enquadrar e chamar os drones. dois desses e acabo meu turno. tive sorte, assim que entrei na passagem entre a Rua dos Teatros e a Rua dos Cafés, dei de cara com dois infratores.

Lá estava o mesmo menino da balinha, o garoto estúpido. Calças arriadas e lágrimas nos olhos pedindo para o outro sujeito parar. Pensei que ele estava sendo atacado, puxei meu distintivo/alarme e dei a ordem de compostura:

— Botando a roupa. Mãos na cabeça. Tatuagem visível.

Como os dois responderam na mesma hora, segundo minha experiência na coisa, eles eram cúmplices, não havia agressão. Já conhecia a tatuagem do rapaz, fui conferir a do outro sujeito. Um "C", ele estava ferrado. Passaria pelo menos duas semanas na "reorientação". Quanto ao menino, não pegaria nada, ele era um Ho e L, mas na pressa de vestir as calças não teve tempo de puxar a camisa e não havia como esconder os seios, violação gravíssima: "Atentado à Forma Física", dois anos no mínimo e cirurgia. Não sei o porquê, seguidor dos códigos como sou, só fiz que não vi. As lágrimas do menino rolavam pelos cílios longos, borravam o kajal e escorriam pelo meio da bochecha desviando para o canto da boca. Quis beijá-lo, acalmá-lo.

que diabos!

Fui criado pela honra, meus pais me orientaram e, quando perceberam que estava confuso, fizeram por bem me internar. honro meus pais e os odeio ao mesmo tempo. não digo isso. não digo nada. meus encabulados culhões. dentro da minha cabeça os pensamentos circulam: controversos, impulsivos, violentos.

Lop

Quando vi o moreno no subterrâneo quis que ele me salvasse. Sei agora que Rafael estava zangado comigo, ele me propôs compromisso e lógico que disse não, já não bastava subverter o A e o M, agora também o L. Eu nunca o amei, lembro de ter respondido. Mas estas lembranças não têm a menor importância depois de Kani.

Não foi decepção que senti ao ver o distintivo e perceber que o moreno era um vigilante. Um príncipe em fantasia de carrasco. Nem medo pela camisa aberta e o perigo da denúncia. Foi vergonha, queria fechar os botões e voltar a ser o menino elegante que ele havia visto na loja de manhã. Exibia os seios como se fossem de qualquer um! Na verdade, eles eram de qualquer um até aquele momento. Ali, entre a parede do subterrâneo e o futuro, gostaria que fossem só dele. Ficassem em segredo, guardados para uma noite de surpresas e prazeres.

O moreno colocou o distintivo no bolso sem apertar o alarme que chamava os drones para fotografar meu embaraço, recolher provas, fazer a acusação formal e me mandar para "reorientação". Ao invés, pegou Rafael pela jaqueta e deu um soco no rosto dele, ele caiu com força no chão e escorregou uns metros adiante. Poderia ter fugido, fiquei atrás dos dois. O moreno sabia de mim. Acho que ele já sabia mais do que quisera saber um dia.

Que fúria foi aquela? Rafael estava caído, com o nariz sangrando, e mesmo assim continuou apanhando. Murros, tapas, pontapés. Joguei meu corpo nas costas do moreno, envolvi meus braços em volta de seus ombros e o afastei do meu amigo. Gritei na sua cara.

– Hetero idiota! Imbecil! Filho da Puta! Cuzão covarde!

Enquanto Rafael se levantava e fugia, cambaleando e pingando sangue, ele segurou minha mão levantada. Ia dar-lhe na cara. O moreno puxou minha camisa com delicadeza, me trazendo para perto dele, colocou-a de volta sobre meus ombros e foi fechando os botões um por um com as mãos ensanguentadas, respirando profundamente a cada casa, seu hálito noturno acariciando minha boca, seus olhos negros lambendo o mel dos meus. Consumindo meu corpo com sua mente.

– Meu nome é Kani. – disse, ao colocar o último botão em sua casa.

– Lop.

– Prazer.

Kani

O que eu fiz da minha vida? pergunto todos os dias desde Lop. Ele disse com a boca encostada ao meu ouvido antes de ir embora:

– Me encontre na praia amanhã de manhã, tem uma passagem na cerca na altura do escoamento do esgoto.

– Eu trabalho.

– Eu só gozo – explicou.

Nunca fui à praia, nem em sonhos. lugar imundo. a faixa de mato alto era pantanosa e cheia de insetos, pernilongos, borrachudos, lixo que se acumulava por todos os lados. subi no cano de esgoto, passei pelo buraco na tela. a areia não era convidativa, iria entrar na minha roupa e cabelo, grudar no meu corpo e não sair nem com banho.

Lolipop

Lop entrou na minha roupa e cabelo, grudou no meu corpo e seu perfume mora dentro de mim.

– Não é lindo, infinito? – ele disse quando me viu.

– O mar?

O mar era mesmo como os livros antigos contavam, sem limites. Sentei ao seu lado na areia e o abracei, beijei a ponta da orelha e cheirei seu pescoço. Ele era lindo, infinito.

eu não podia. simplesmente não podia. fui condicionado a não poder. tentei explicar. justificar para ele e para mim mesmo. contei que meus culhões não serviam para nada, estava irremediavelmente impedido de desafiar a lei. minha mulher me esperava em casa para que fizesse filhos nela. ela na cama, eu no sofá, seria por telepatia e talvez não desse certo. precisava ir embora. ir trabalhar. todos os dias, todos os meses. a ordem devia prevalecer. eu não era nada. nada mesmo. não valia o tempo dele.

Enquanto discursava, ele sorria com o canto da boca, fazia biquinho. Eu era engraçado, bobo. Do alto dos seus vinte anos ele sabia tão mais da vida do que eu. Quando percebi que Lop estava rindo da minha ignorância, o sangue me subiu à cabeça. Então, aproveitando este intervalo e para acabar com a minha contrariedade, ele me beijou, colocou a língua toda dentro da minha boca, e eu chupei, como se fosse a cascata de chocolate da loja de doces. Sorriu, e eu lambi seus dentes, lambi sua boca redonda. Arranquei a camiseta, apertei seus seios, acariciei e beijei seus mamilos. Abri sua calça. Ele tinha culhões que despertaram os meus.

Esqueci dos robôs, da cidade, do trabalho, da esposa, da areia, da maldita da porra da honra.

Lop

Doce, gentil, suave em cada toque. E eu que pensei que ele iria me virar de costas. Não. Desceu pelo meu corpo de leve como a marolinha da beira do mar, a água que busca a areia até o mais longe que consegue, deslizando e deixando a espuma, o calor residual onde suas mãos haviam estado.

Toquei seus cabelos ondulados, negros como seus olhos. Ele parou para observar minha barriga e minha mala, ajoelhou-se entre as minhas pernas e disse para si mesmo:

— Você é macio.

— Nem tanto — respondi segurando meu pirulito.

Minha bunda é empinada, minha barriga perfeita, meus seios redondinhos. Mas ele procurou a minha parte masculina. Cachorro. Fez com o meu o que eu havia feito com o pirulito de cereja da loja do Sr. Tumis. Idiota. E depois que enchi a boca dele ainda riu da minha cara, como que dizendo — quem é o bobo agora?

Só então me virou de costas, me abraçou, segurou firme nas minhas coxas e me chamou de menina. Devagar, bem devagar.

Kani

não posso dizer que foi a melhor sensação da minha vida. na minha vez doeu pra caralho, literalmente. Lop disse que eu era um virgem muito apertadinho. quer tirar sarro? que tire. vai ver se volto na praia de novo, ameacei.

cheguei com duas horas de atraso na loja, grudado de suor, areia, com a boca azedando, o Sr. Tumis me mandou para o banheiro dar um jeito, depois de me xingar de tudo quanto era nome e não querer ouvir qualquer explicação sobre onde estava ou o que estava fazendo. acho que o velho tinha sexto sentido, sei lá.

foi foda trabalhar com tantas referências, arrumava as rodelinhas e pensava em Lop, os mamilos de biscoito e pensava em Lop. os malditos pirulitos então eram uma desgraça. no meio da tarde fui me aliviar no beco dos fundos.

nada comparado ao que me aguardava na força de vigilância. não tinha ideia do que fazer. perseguir pervertidos. eu era um pervertido. correria atrás do meu próprio rabo feito um cãozinho feliz. eu estava feliz, mesmo. dez robôs perguntaram por que estava sorrindo. dei dez respostas diferentes: aniversário de meu cachorro, encontrei dinheiro na rua, minha mulher me deu o rabo, não é da sua conta etc.

Queria ter dito:

Lop. Lop. Lop. Lop. Lop. Lop. Lop. Lop. Lop. Lop.

Como não tinha preenchido minha cota na noite anterior, me mandaram de novo para o quarteirão teatral. Liguei para Lop.

Lop

– Como assim? Ainda está fazendo esse serviço sujo? Sai dessa vida, Kani.

– Não posso. não dá. esquece. Foi só uma vez, entendeu?

– Então por que tá me ligando?

– Saudades.

Kani era um livro aberto. Ao final da tarde tomei um banho demorado, hidratei meu corpo, vesti meu robe de seda e deitei na cama. Mandei meu endereço por mensagem e esperei. Porta escancarada, pernas escancaradas, vida idem. Meianoite – dois, quatro, zero, zero. Ele está aqui em pé olhando para mim, ou é um sonho?

Ele fedia. Não tinha tempo para cuidados. Menino de carga. Olhos negros. Pele morena.

Ele sentou na cama e eu afaguei seu rosto cansado. Dei-lhe um abraço e ouvi seus lamentos. Chorou feito uma criança pequena.

– Pensei que eu era o carente – sussurrei em seu ouvido.

Contou da infância nos cortiços, antigos casarões apinhados de gente, que foram reformados e pintados, agora são pousadas e lojas chiques para gente endinheirada. À noite ele ouvia todo tipo de barulho: brigas de casais, choro de crianças com fome ou apanhando, gemidos de prazer ou dor. Mal tinha espaço para seus pensamentos e mal comia. Até que seus pais, assim como os pais de todos os outros nesta cidade, aceitaram a ordem. A vida ficou limpa, organizada, silenciosa. Kani confirmou o que todos sabem, só a fome não teve fim, assim como a violência institucionalizada da qual ele fazia parte.

– Larga essa vida, então.

– Lop. Não posso, como acha que estou aqui com você agora? Eu trouxe os drones comigo, mandei de volta ao quartel quando cheguei. Sem eles meu sinal seria considerado suspeito. Que desculpa eu daria se me pegassem longe de casa, no meio da noite, com um Ho? Se eu deixar meu trabalho, não vou poder te ver de novo.

– Meus amigos do Baleia Azul estão pensando em criar uma comunidade livre.

– Não se iluda, princesa, há olhos eletrônicos em todos os lugares. Isto é o mais longe que podemos ir.

Abriu o robe, passou os braços em volta da minha cintura e beijou de pouquinho meus lábios.

Kani

minha garota (tenho que chamar assim, se deixar escapar alguma confissão para alguém, Lop virará uma amante, infração menor, multa pequena) mora num apartamento e tanto. só o sofá ocuparia a minha sala inteira. cheio de almofadas macias como as pernas depiladas de Lop. me peguei passando a mão nos bordados enquanto a amava. de frente até ela molhar minha barriga. adoro ouvir seus gemidos. eu pareço um porco grunhindo. como eu já vi bastante o que os amantes fazem nestes anos como vigilante, mas nunca experimentei, fiz um monte com Lop, coisas que a safada já sabia, enquanto conhecia o apartamento. na cozinha, no quarto da TV, na sala, dentro do guarda roupa, na sacada encostando no vidro, gritando para o mundo.

– GOSTOSO!

legal que ela não liga a mínima, como a Leila liga, para essa coisa de "chegar junto ao orgasmo". vamos fazer sexo e gozar até onde der e além da porra!

o desgraçado sabe mexer. eu não sei tão bem. o balanço é outro, mas vou pegar o jeito. aí teve uma hora que fiz uma coisa que ela não sabia, tinha visto num filme num desses buracos que vigio. Lop riu com aquele sorriso encantado. meu menino – danem-se os confidentes, chamarei de menino, dá um trabalho do cão se esconder dos outros, não vou perder tempo me escondendo de mim mesmo.

Lop, amante, chuva de estrelas, meu pecado, erro. Lop que não é desse mundo.

Ele me deu um banho, nem minha mãe me dava banho, eu era o mais velho. Hidratou meu corpo com um creme que devia custar uma semana do meu salário. Enrolados nas cobertas, abraçados como um só, ficamos vendo o dia clarear pela janela aberta do quarto. A melhor noite da minha vida. E não digo isso só por causa do sexo. Digo porque ele é especial, quando conversamos ouço as palavras dele como se fossem minhas, mesmo não concordando com seus sonhos loucos de revolucionário da orientação sexual. Ele escutou minha história com o coração tão aberto que tive certeza de que esteve comigo nas noites barulhentas do cortiço.

cheguei atrasado, vestido com roupas de grife, as mais "adequadas" que achei no guarda-roupa de Lop. o Sr. Tumis

Lolipop

soltou um esporro daqueles, atrasado pelo segundo dia. mais um e perco a folga mensal. ele desconfiou, pelo perfume de Lop, cliente assíduo de "lolipops king size", "rodelinhas açucaradas", "biscoitos de mamilos", diet ou não. ele só fazia tipo com essa coisa de dieta. o Sr. Tumis me chamou num canto enquanto dois clientes escolhiam bundas em formato de coração.

— Veja lá, meu rapaz, tudo por aqui tem que ser preto no branco. Ajeite sua vida e se cuide.

Lop

"Querido diário,

Sei que te deixei sozinho, estava triste demais para escrever, mas agora tenho motivos para procurar sua companhia. Conheci alguém. E não é alguém qualquer. É O alguém. Esqueça tudo que falei sobre Rafael, dos presentes, bilhetinhos, flores. Quem precisa disso? Kani é o nome dele. Ele é terno e gentil, amante cuidadoso, atencioso, insaciável. Nem vou falar da aparência, não preciso. Você sabe que não saio com homens feios. Vaidade minha. Kani disse: egoísmo. Pode ser.

Fico procurando defeitos para deixar de gostar dele só um pouquinho e não acho. Na verdade, tem um sim, ele é muito passivo. Não no sexo, o que é ótimo, na vida mesmo. Não me conformo com esse rótulo que nos colocam, até entendo as razões que o levam a pensar diferente. Ele sofreu muito e agora, pelo menos, tem um emprego e uma casa decentes e não quer perder o pouco que a ordem lhe trouxe. O preço do conforto é muito alto, no entanto. Ele fala muitos palavrões também. Em alguns momentos me deixa irritado, não tem necessidade, mas em outros momentos é bem excitante. Não pense que ele me ofende na cama, de jeito nenhum, ele pode não ser um cavalheiro no sentido estrito da palavra, mas jamais usaria termos pejorativos para falar de mim. Kani me chama de chuva de estrelas, espuma do mar, campo dos sonhos. E o meu pênis ele chama de naja, brincadeira porque ando fazendo a egípcia para os meus antigos parceiros.

Estamos juntos há dois meses e não tem sido fácil. Ele é casado e a mulher dele anda desconfiada de que ele tem uma amante, para nossa sorte ela é mais ligada aos conceitos de "honra" do que ele era, e tem um "P". Ele diz que tem raiva do

mundo. Só vi essa raiva uma vez, quando nós nos conhece-
mos. Ele estava precisando de mim, acho.

Ele trabalha na loja de doces, o Sr. Tumis não me atende
mais, só ele. Vou até lá todos os dias, ao meio-dia. Ele me
espera ansioso. Às vezes me atraso de propósito, fico olhan-
do para ele do outro lado da rua, escondido atrás do quios-
que, e ele fica impaciente, andando de um lado para outro.
Então, quando finalmente empurro a porta da loja de doces,
ele abre um sorriso que sai pelos poros. Passo em média uma
hora escolhendo o que quero e ouvindo as suas sugestões, ele
sussurra safadezas enquanto mostro novidades ou triviali-
dades. E não se importa com a minha dieta, engordei cinco
quilos. Nas noites que passamos juntos sempre lambemos
um lolipop ou dividimos uma rodelinha.

Amanhã de manhã vamos à praia, é a folga dele. Estou
ansioso para passar o dia inteiro com meu amor."

Kani

mas o outro dia não tinha sido o melhor da minha vida?! e
ontem? quarta da semana passada? filha da mãe de menino
delícia. não dá para cansar de lamber seu lolipop e seu ra-
binho, mordiscar a orelha, ir e vir dentro dele no ritmo das
ondas do mar. é melhor dentro d'água que na areia, mesmo.
ele trouxe comida, uma manta para pôr na praia, eu fiz uma
cabaninha com folhas para nos proteger do sol, dormimos à
tarde, cochilei uns cinco minutos, ele dormiu por quase uma
hora, ele ronca um pouquinho, até isso me encanta, fiquei
olhando para ele sem pensar em nada. naquele momento
estava em lugar nenhum, deitado ao lado da pessoa mais importante da minha vida inteira – nem mulher, nem irmãos,
nem pais. não sou um cara romântico, talvez Lop estivesse
me fazendo ver as coisas com mais detalhes. me sinto tão
quente e não é por causa do sol de verão, o calor vem de
dentro. sou um vulcão.

– Não vá ao quarteirão teatral à noite, é o meu local de vigilância hoje, entendeu?

– Vou ficar com o Pipo, ele está sentindo falta das minhas
brincadeiras, agora que só tenho tempo para você. Meu amor.

– Te amo. Nunca vou amar mais ninguém.

Lolipop

Deu-me um beijo demorado, o último, um sorriso de todos os dentes, o último.

tortura nível máximo enquadrar aquelas pessoas que não faziam mal a ninguém, mandei dois Cs para a orientação e um Ho que comia uma garota pagou uma multa astronômica. desci para a passagem subterrânea só para evitar o trânsito pesado da avenida, a noite ia alta, a passagem estava movimentada.

e poderia ter enquadrado mais uma meia dúzia. três rapazes compartilhavam fumo proibido no fim do túnel.

Reconheci um deles, era o tal de Rafael. Quando fui passar por eles, dois me agarraram os braços, um de cada lado, Rafael ficou de frente para mim e tirou a jaqueta, na camiseta a estampa dos revolucionários: a baleia azul. iria apanhar lembrando da primeira vez que vi Lop.

as mãos de Rafael estavam protegidas por uma bandagem usada pelos pugilistas. cara ciumento esse Rafael, Lop me avisou. sou um cara atlético, mas não tenho muito preparo para confrontos corpo a corpo. tentei argumentar que eu era um deles agora, que também vivia à margem, que Lop não ia mais querer olhar para a cara dele se me batesse e tal e mais: coisas que surgem na mente da gente na hora do desespero. no primeiro soco eu já molhei as calças, estava de bexiga cheia, no segundo senti que meu estômago ia sair pela boca, no terceiro quebrei meu nariz, e assim por diante, pernas, costas, braços, fígado, cabeça, até cair no chão entre acordado e não, coberto de sangue e urina. não sei de onde tirei forças para me levantar depois que Rafael disse:

– Não pense que ficou barato para o seu namoradinho metido a besta. Os robôs estão indo até a casa dele, agora mesmo. Aquele traíra! Quem mandou se juntar com o inimigo? Essa surra que eu dei em você é fichinha comparada ao que os robôs vão fazer com ele.

Lop

"Querido diário,
Dia perfeito com meu amor hoje na praia, mas estou preocupado, preciso encontrar Kani no quarteirão teatral. Os

revolucionários do Baleia Azul estiveram aqui hoje, inclusive o Rafael, ameaçando me denunciar se não abandonasse Kani e continuasse no movimento. Eu disse que nunca deixei de ser revolucionário, mas não podia deixar Kani, eu o amo e..."

Alguém bateu à porta. Que bom – pensei. Kani desistiu de trabalhar hoje. Corri e abri pronto para me jogar em seus braços. Eram robôs e drones.

Kani

que porcaria estas luzes todas embaçadas. passo a mão na minha cara para limpar o sangue e não adianta, não sei para que lado está o apartamento de Lop. mando os drones embora e acesso meu GPS. a chuva fina que estava programada para esta noite começa a cair e lava o sangue, tiro a camisa para me enxugar, enquanto tento correr e minhas pernas não respondem.

Nada dói, infelizmente. Queria sentir alguma coisa além de desespero anestesiante. Passei por todos os lugares que vigiei nos últimos cinco anos. Becos imundos, prédios de apartamentos decadentes com meninos e meninas à porta esperando que a noite acabe, bêbados crônicos e vigilantes condicionados pelos seus drones. Minha vida atual se mostrava mais feia e pobre do que foi minha infância. Só Lop tem significado, só com Lop existo.

A porta do apartamento estava aberta, tudo quebrado e revirado. Os robôs tinham chegado primeiro. Pipo latia preso na sacada. Lop se fora.

Lop

...

Kani

Esse mundo é miserável, sórdido e duro. O Sr. Tumis me ligou dizendo que os robôs estavam atrás de mim. Estava na praia, chorando, pensando em mil coisas que poderia fazer para resgatar meu amor. Todas ridículas, escatológicas. Me masturbei

Lolipop

pensando em Lop, na ânsia de senti-lo de novo dentro de mim e eu dentro dele. Poderia esperar os dois anos que ele provavelmente ficaria preso. Mas quando saísse não seria mais Lop, seria um HOMAL sem graça e sem vida, não se lembraria de mim, já vi isso acontecer. Lop morreu.

Voltei da praia catando gravetos, caixas de papelão, pedaços de madeira dos móveis que as pessoas não querem mais e se acumulam longe do cenário perfeito da cidade. Poderiam nos despejar aqui, nós que somos a maioria silenciosa que não aceita o *status quo*. Parei numa papelaria e com os últimos centavos que tinha nos bolsos comprei tinta guache azul e preta e um pincel.

Fui para a frente da loja de doces. Meio-dia – um, dois, zero, zero. O horário mais movimentado. Fiz um círculo com as madeiras em volta de mim. Do lado de fora do círculo coloquei os papelões onde escrevi todas as siglas das tatuagens em preto. Nossos rótulos, nossas prisões. Tirei a roupa e desenhei no peito a Baleia Azul, símbolo da liberdade que meu amor adorava. Despejei sobre as madeiras o conteúdo de uma garrafa de bebida que também recolhi pelo caminho. A praça toda me observava, alguns filmavam, outros sorriam achando que era só mais um maluco oportunista querendo chamar a atenção. Eu era um vulcão. Coloquei fogo nas madeiras. Queimei. E se só por um segundo aquelas pessoas pararam para pensar no quanto suas vidas são tristes e sem propósito, o que fiz não foi em vão. Estou indo encontrar Lop, ele na vida e eu na morte.

No Amor e na Guerra
Nuno Almeida

Eles chegaram pela madrugada, soldados envergando armaduras pesadas, montando corcéis de guerra com espuma nos beiços. Ingrad acabava de sair de casa, uma enxada pousada no ombro e um balde de sementes na mão, quando viu o cavalo da vanguarda parar abruptamente a dois passos dele, fazendo-o cair sobre o traseiro com o susto. Antes que se pudesse levantar já dois soldados o erguiam pelos ombros enquanto o terceiro, obviamente o seu comandante, recitava o conteúdo de um pedaço de pergaminho estendido entre as mãos.

As palavras atravessaram a mente de Ingrad como uma nuvem de gafanhotos, cheias de ruído e confusão, mas deixando apenas um vazio no seu encalço. A última frase, no entanto, despertou-o do seu transe.

– ...defender o reino pelas armas, oferecendo a sua vida se tal for necessário.

Ingrad pensou em fugir, em debater-se, em suborná-los, ideias loucas que se atropelavam na ânsia de o libertar daquele aperto, mas antes que se pudesse decidir já um dos soldados o atirava para cima de uma carroça, pronto a ser carregado como um saco de mantimentos.

Viu a sua casa ficar para trás, uma pequena barraca de madeira com telhado de colmo por entre campos à espera de serem semeados, e pensou em quem iria alimentar as galinhas e os porcos nessa noite. Talvez os primos, que viviam algumas milhas a norte, calhassem passar por ali e tomassem conta das suas coisas até ele voltar.

Só depois se apercebeu de que esse dia podia nunca chegar.

• • •

Ele cheirou o acampamento antes de o ver, escondido por uma encosta na montanha. Lixo, suor e merda, pior que qualquer estábulo ou pocilga, os odores acumulados de centenas de homens treinando, comendo e dormindo juntos sem um rio por perto onde se lavarem a si e às suas roupas. Um pátio amplo precedia as tendas organizadas como uma vila em miniatura, os grandes pavilhões dos oficiais, as tendas modestas dos soldados regulares e as compridas tendas comuns dos recrutas.

Ingrad foi despejado no pátio onde outros rapazes já esperavam numa fila desorganizada. Alguns se mantinham eretos, de braços cruzados ou estendidos ao seu lado, em sentido como verdadeiros soldados. Outros saltitavam impacientemente de um pé para o outro, olhando em redor, roendo as unhas, coçando as faces até deixar longas marcas vermelhas. Ingrad fez o possível por não dar nas vistas, aproximando-se cautelosamente do recruta mais próximo, um rapaz com a constituição de um touro e um rosto igualmente belo. A sua tentativa de sutileza não deu certo.

— És um criador de porcos?

— Crio um pouco de tudo — respondeu Ingrad, incerto sobre o que deveria dizer.

O rapaz mostrou-lhe uma fileira irregular de dentes amarelos e ele compreendeu imediatamente que tinha feito asneira.

— Eu sabia. — Aproximou a cara do seu ombro e inspirou longamente, contorcendo o rosto numa expressão ainda mais asquerosa que o normal. — Conseguia cheirar-te à distância.

Soltou uma gargalhada gutural e alguns dos recrutas ao seu lado juntaram-se a ele. Ingrad ignorou-os, decidido a não piorar ainda mais a sua situação. O rapaz, contudo, parecia decidido a dificultar-lhe essa tarefa.

— De onde vens?

Ingrad ignorou-o. Sentiu dedos grossos envolverem-lhe o antebraço e pressionarem até o sangue lhe parar nas veias e percebeu que não iria se livrar assim dele.

— Vale-d'Entro, condado de Amaral.

Nuno Almeida

— E o que foi feito dos homens da tua terra, para terem enviado uma mulher?

— Estão a montar as vossas enquanto os homens se montam uns aos outros.

O sorriso do rapaz morreu-lhe nos lábios, e Ingrad pressentiu que não devia sobreviver-lhe por muito. Sentiu uma vaga nauseante de pânico subir-lhe à garganta, rapidamente cuspida por um soco na barriga que o fez dobrar-se sobre si mesmo. Lutou para conseguir respirar, os pulmões subitamente vazios ardendo com a falta de ar, quando o chão lhe fugiu dos pés e bateu com força contra as suas costas. Tentou erguer-se mas não tinha força nas pernas. Tentou rebolar para uma posição menos dolorosa mas uma bota pesada apertou-lhe o peito e o prendeu no lugar.

Por entre os olhos semicerrados ele viu o rosto do rapaz, uma mistura de raiva e vitória, repleto de violência. Depois uma sombra embateu contra ele e arrancou-o de cima de Ingrad. Apoiou-se sobre um braço a custo, arfando com o cansaço e a dor, e viu que ao seu lado outro rapaz estava ajoelhado em cima do agressor, prendendo-o ao chão com as pernas, esmurrando-o uma e outra vez. O brutamontes defendia-se, protegendo o rosto com os braços cruzados, mas os punhos do outro eram tão fortes quanto velozes, e, por cada dois que ele conseguia defender, havia um que furava a sua guarda e o acertava em cheio na cara.

Todos os recrutas os cercaram, formando um círculo de insultos e gritos de encorajamento até Ingrad mal conseguir ver os lutadores. Um homem enorme e encorpado aproximou-se, gritando uma ordem que ninguém ouviu, e Ingrad percebeu imediatamente quem ele era. Tentou avisar o seu salvador mas os gritos foram afogados pelo círculo de recrutas. O homem abriu caminho entre eles, empurrando rapazes como quem enxota uma mosca. Segurou o rapaz pelos ombros e puxou-o, deixando-o recuar alguns passos incertos, lutando por recuperar o equilíbrio, e acabando por cair na terra batida por entre uma nuvem de poeira.

— Vejo que temos recrutas com sede de sangue e fogo nas veias — anunciou o homem, a sua voz ribombando como um trovão por entre o silêncio sepulcral que se havia instalado. — Queres lutar? Queres matar?

No Amor e na Guerra

O rapaz puxou os cabelos longos da frente dos olhos e respondeu com um sorriso nos lábios manchados de sangue.

– Não foi para isso que me arrancaram de casa?

O instrutor deu-lhe uma chapada com as costas da mão, como um pai disciplinando uma criança mal comportada.

– Falas quando eu te mandar.

– Mas foi você que p...

Outra chapada, desta vez com a palma, e um fio vermelho começou a escorrer-lhe de uma narina.

– Falas quando eu te mandar.

O rapaz demorou um segundo a recompor-se. Depois sorriu e inclinou a cabeça. O instrutor ignorou-o, voltando-se de novo para o grupo desordenado de recrutas.

– Estão aqui por ordem de El-Rei D. Fraguismundo III, Senhor da Agrimânia e das Terras Contestadas. São precisamente estas últimas que estão em risco neste momento. Enquanto vos elucido com este sapiente discurso existem cães Granequeses a cruzar a fronteira demarcada pelo Tratado Esmeralda de 1245, queimando campos, pilhando aldeias e colocando cerco a cidades. Vamos deixá-los continuar?

Silêncio.

– Vamos permitir que assassinem os filhos do reino?

Um leve murmúrio.

– Vamos permitir que estuprem as filhas do reino?

Um pequeno rumor.

– Que carreguem as nossas crianças como escravas para servirem e morrerem no seu reino ímpio?

– Não, senhor – gritou um dos recrutas.

– Não – ecoaram outros, um por um, até todos gritarem mesmo que não percebessem o porquê, sabendo apenas que era isso o que se esperava deles. Ingrad gritou até arranhar a garganta, acompanhado pela voz mais baixa e menos entusiasmada do seu salvador que se tinha colocado ao seu lado

O instrutor calou-os com um gesto da mão e pareceu satisfeito.

– El-Rei ficará orgulhoso. Ainda farei soldados de vocês. Agora corram, vinte voltas em torno deste pátio. Temos muito para fazer.

• • •

Ingrad nunca se sentira tão cansado em toda a sua vida. Estava habituado a trabalhar de sol a sol, lavrando a terra, cuidando dos animais, remendando cercas ou consertando ferramentas, mas trabalhava ao seu ritmo, descansando quando podia, e a doce repetição do trabalho manual embalava-o. Ali não havia descanso. Num momento estava a correr, no outro a saltar ou a agachar-se, uma e outra vez até lhe doerem músculos que ele nem sabia ter. Quando se deitou no monte de cobertores sujos que lhe servia de cama quase adormeceu de imediato. À sua volta a maior parte dos companheiros fazia o mesmo, poucos mantendo forças para conversar, e aqueles que o faziam usavam vozes baixas e arrastadas. Alguém se sentou mesmo ao seu lado e por um momento ele temeu que fosse o arruaceiro, ansioso pela vingança. Naquele momento, contudo, sentia-se demasiado cansado para se importar. Abriu os olhos e encontrou o seu salvador.

– Não cheguei a agradecer-te.

Ele lhe devolveu um olhar confuso, como se não soubesse do que estava a falar.

– Por me defenderes.

– Quem te disse que fiz aquilo para te defender? – perguntou ele, encolhendo os ombros e mostrando-lhe um sorriso matreiro – Talvez apenas não gostasse da cara do nosso amigo e a quisesse reorganizar.

Apontou com o queixo para o brutamontes ao fundo da tenda, o seu rosto negro e inchado, e Ingrad riu-se, algo que pensara impossível desde que ali chegara.

– Seja como for, obrigado. Chamo-me Ingrad – apresentou-se, estendendo uma mão.

– Samael – respondeu o outro, espremendo-lhe os dedos num cumprimento entusiasmado.

• • •

Os primeiros dias foram os piores, cada hora de treino parecendo durar uma semana inteira. Comia apenas para calar o estômago, sem paladar ou apetite, arrastava-se para a tenda comum e deixava-se cair sobre os cobertores, adormecendo antes dos últimos raios de Sol desaparecerem pela abertura na lona. Depois, mais depressa do que julgara possível, adaptou-se à nova rotina. E aos novos companheiros.

No Amor e na Guerra

O treino militar tinha uma forma própria de ligar os homens, e cedo a timidez e a estranheza desapareceram, dando lugar a uma rápida familiaridade cimentada por longas horas antes de adormecerem em que partilhavam gostos, histórias e sonhos. Havia Rodriq, o aprendiz de padeiro que se levantava sem esforço antes do Sol, que uma vez partira um dente numa pedra e sonhava em abrir a sua loja. Jonas, o entroncado açougueiro que reclamava em todas as refeições da falta de um bife queimado por fora e em sangue por dentro, que uma vez matara um javali apenas com uma faca de mato e odiava o irmão por algum motivo que não queria revelar. Santifar, um rapaz gordo filho de mercadores que não eram ricos os suficiente para o manter longe da guerra, que adorava livros e tinha uma noiva à sua espera, a memória da qual o mantinha acordado pela noite dentro e o fazia sacudir violentamente a mão debaixo dos lençóis.

— E tu, Ingrad? Não tens saudades da tua mulher?

Ele esforçou-se por esconder o seu desconforto, sabendo que eles o detectariam como lobos farejando sangue e reforçariam o ataque.

— Não sou casado.

Rodriq sorriu, mostrando uma fileira quase completa à exceção do dente quebrado.

— Vivem em pecado?

Ingrad abanou a cabeça, encolhendo os ombros numa tentativa de retirar importância ao assunto.

— Não tenho ninguém, vivo sozinho.

Todos o olharam como se ele acabasse de insultar as suas mães. Ele sabia como era raro um agricultor com mais de vinte anos não ter já um par de filhos agarrados às pernas, quanto mais nem ter mulher. Preparou-se para as perguntas que se seguiriam, procurando as melhores respostas, sabendo que se perdesse a confiança dos seus colegas o resto da recruta seria muito pior.

Samael pousou-lhe um braço sobre os ombros e soltou uma gargalhada sonora.

— Acham que um homem como este se quer prender a uma mulher? Deve arranjar uma nova de cada vez que vai ao mercado vender os legumes.

Todos cederam ao seu entusiasmo, juntando-se em gargalhadas baixas e sorrisos, e Ingrad sentiu como se acabasse de escapar a uma estocada. Apenas um recruta não se ria, o brutamontes que o tinha agredido no primeiro dia. Sentado na sua cama, deitava ocasionalmente olhares furtivos ao grupo, mas de resto não parecia interessado em conviver com eles. Ingrad receava que ele fosse uma bomba prestes a explodir, possivelmente no pior momento.

– E tu, Samael? – perguntou Jonas. – Também partes corações onde vais?

Ele inchou o peito, o seu sorriso ainda mais cheio de si que de costume.

– Quem é que consegue resistir à minha excelente aparência e personalidade charmosa?

Ingrad riu até sentir lágrimas nos cantos dos olhos, e por um momento tudo parecia bem no mundo.

• • •

Sonhou com mãos que o apalpavam da cabeça aos pés, vozes baixas que lhe sussurravam ao ouvido, vento a beijar-lhe a pele. O ar arrefeceu à sua volta e ele tentou cobrir-se melhor com o cobertor. Não o encontrou. Apalpou o chão ao seu redor e sentiu erva molhada pelo orvalho. Ergueu-se com um sobressalto e por um momento não viu nada. Chegou a pensar que lhe tinham vendado os olhos, mas depois viu o globo brilhante da Lua cheia e lentamente a sua visão se adaptou à escuridão, observando o mundo em contornos prateados. Ouviu um uivo a distância e o seu coração pareceu querer saltar-lhe do peito. Já tinha ouvido falar naquele teste, uma última grande prova antes do final da recruta em que eram raptados a meio da noite e abandonados no meio da floresta, forçados a encontrar o caminho de volta pelos próprios pés. Quem não regressasse antes do próximo pôr do sol teria de repetir toda a recruta novamente.

Colocou-se de pé, girando em volta numa tentativa desesperada de se situar, mas todas as direções pareciam iguais. Viu algo brilhar ao longe e por um momento pensou ser o reflexo do olho de um lobo, e imaginou dentes afiados fecharem-se sobre ele. Depois reparou que a luz piscava como fogo e desatou a correr.

A fogueira fora acendida na entrada de uma cova natural numa encosta rochosa, demasiado pequena para se considerar uma caverna, mas que protegia as costas e os flancos de quem dormisse ali, ao mesmo tempo que o fogo afastava predadores. Só podia ser obra de um dos seus companheiros, e no entanto Ingrad sentia-se relutante em chamar por ele, como se o silêncio da noite fosse sagrado. Deu mais um passo quando sentiu algo frio encostar-se ao seu pescoço.

— Estás morto.

Ingrad quase gritou ao ouvir a voz de Samael. Voltou-se e encontrou o rapaz a sorrir, girando uma navalha entre os dedos.

— Era capaz de te beijar.

Ele ergueu uma sobrancelha.

— Quero dizer que estou contente por te ver — apressou-se Ingrad a corrigir. — Acho que não conseguia voltar sozinho.

Samael estendeu os braços num gesto convidativo.

— Parece que o destino conspira para nos unir. Vem, aquece-te no meu fogo. Melhor descansarmos o resto da noite e procurar o caminho durante o dia.

Deitaram-se sobre montes de folhas secas que faziam as vezes de colchões, observando o céu estrelado e embalados pelo calor da fogueira. Ingrad fechou os olhos, mas, depois de tudo o que se tinha passado, estava demasiado desperto para conseguir adormecer de novo. Remexeu-se no lugar, virando-se para um lado e para o outro. Tocou em algo quente e mole, e recuou como se tivesse queimado a mão. Samael riu-se.

— Não tenhas medo — sussurrou. — Não mordo.

Ingrad deu graças pela escuridão não lhe permitir ver as suas bochechas coradas.

— Desculpa.

— Tens medo da intimidade?

O coração de Ingrad voltou a saltar-lhe do peito, mas desta vez por um motivo bem diferente.

— Não estou habituado a tocar noutra pessoa.

Samael pousou-lhe uma mão na face, e Ingrad sentiu um arrepio descer-lhe até aos pés.

— Não sabes o que perdes.

— Nunca estive com nenhuma mulher — confessou, a primeira vez que o dizia a outra pessoa.

— Eu já, e não gostei muito.

Sentiu a respiração de Samael no seu rosto e receou abrir os olhos. O que sentiria ao vê-lo tão perto?

— Nunca beijei ning-

Algo quente e molhado colou-se aos seus lábios, e o seu calor espalhou-se pelo corpo de Ingrad numa vaga morna e acolhedora. Gemeu, não saberia dizer se por medo ou prazer, ou ambos, e Samael acariciou-lhe a face como se tentasse acalmar um gatinho assustado. Enfiou-lhe a língua na boca e Ingrad quase sufocou, incapaz de respirar. Sentiu-o invadi-lo e tentou ripostar, assaltando a boca de Samael com a sua, mas o outro homem era mais experiente e venceu-o sem dificuldade. Libertou-o, finalmente, e Ingrad inspirou fundo como um homem prestes a afogar-se, o seu peito crescendo como uma montanha com cada inspiração.

— Desculpa — disse Samael numa voz sentida. — Entusiasmei-me demasiado, não devia ter-

Ingrad calou-o com os seus lábios, e desta vez era ele que o acariciava, sentindo os pelos ásperos da barba rala sob os dedos, a respiração acelerada, a pulsação acelerada do outro que lhe fazia tremer os lábios com cada batida do coração.

— Foi por isso que arranquei aquele brutamontes de cima de ti — disse Samael, quando finalmente se separaram. — Fiquei com ciúmes porque queria estar no lugar dele.

Ingrad sentiu lágrimas gordas rebolarem-lhe pelas faces, mas não sentiu vergonha, apenas uma imensa felicidade transbordar-lhe do peito.

— Toda a minha vida pensei que era anormal, uma aberração, um erro da natureza.

Samael retirou-lhe um cabelo rebelde da frente dos olhos e segurou-lhe o queixo, mergulhando-o no seu olhar.

— O único erro da natureza foi ter-nos mantido afastados até agora.

$$\bullet \ \bullet \ \bullet$$

Ingrad era apenas mais um entre dois mil soldados, alinhados em fileiras ordenadas, entalados entre unidades de piqueiros em frente e arqueiros atrás. Aquela noite na floresta parecia mais um sonho que realidade, um momento mágico manchado e espezinhado pela marcha lenta que se seguira ao final da recruta, pelo aborrecimento dos exercícios de rotina e o medo constante de um ataque inimigo, e agora finalmente o terror da batalha.

No Amor e na Guerra

Ingrad não parava de pensar na injustiça gritante de tudo aquilo. Pela primeira vez na vida sentira-se realmente feliz, como se tivesse encontrado o seu lugar no mundo, e agora tinha a certeza de que, de uma forma ou de outra, isso ia terminar, como uma fagulha brilhante subitamente extinta. Iria morrer naquela batalha, ou Samael no seu lugar, ou talvez ambos. Era pedir demasiado que escapassem os dois com vida, e, mesmo que o fizessem, àquela batalha seguir-se-iam outras, uma sucessão infindável numa guerra que podia demorar anos.

Soou uma trombeta, e ao longe ele conseguia ver algo brilhar ao sol escaldante do início de tarde, armas e armaduras que em pouco tempo estariam mesmo à sua frente, talvez espetadas na sua carne. Era ridículo pensar que, todas as vezes em que ouvira histórias de guerra, achava que elas existiam numa espécie de vácuo divorciado do tempo normal. Não fazia sentido que uma batalha pudesse acontecer a seguir ao almoço, quando devia estar a dar de comer aos porcos ou a reparar ferramentas à sombra do alpendre durante as horas de maior calor. Era ridículo pensar que naquele preciso momento alguém estava a fazer isso mesmo, enquanto eles se preparavam para morrer.

À sua frente os piqueiros baixaram as armas, gigantescas lanças com cinco metros de comprimento e a grossura de um punho, feitas para empalar cavalos. Isso significava que esperavam uma carga de cavalaria, e, se eles conseguissem furar por entre os piques, os lanceiros regulares seriam os seguintes. Ingrad reforçou o aperto na sua lança, uma pobre imitação dos piques com apenas dois metros de comprimento e dois dedos de grossura, e sentiu-se vulnerável como uma criança.

Atrás dele os arqueiros testavam as cordas dos arcos. A uma ordem do comandante de cada unidade eles pegavam numa flecha da aljava presa ao cinto e se colocavam em posição. A uma segunda ordem, todos soltaram as cordas ao mesmo tempo. Ingrad encolheu-se com o som de centenas de projéteis a serem disparados sobre a sua cabeça, zumbindo como moscas furiosas e perdendo-se na distância. Os arqueiros eram mais eficazes contra soldados apeados, lentos e em formações apertadas, mas algumas dezenas de cavaleiros estavam condenados a tombar com penas espetadas na carne ou nos cavalos, e Ingrad sentiu-se grato. Cada cavaleiro que morria era menos um que o poderia esmagar sob os cascos ou rasgar-lhe o peito com a lança.

Sentia agora o chão a tremer sob os pés, como se um monstro gigantesco se arrastasse na sua direção, e mesmo entalado entre milhares de soldados sentiu-se mais sozinho que nunca. O seu grupo de recruta tinha sido desfeito, cada soldado atribuído a uma unidade diferente. Ao longe, à sua direita, ele pensou distinguir Rodriq, e mais ao fundo Jonas, mas não fazia ideia onde estavam os outros. Onde estava Samael.

Já conseguia ver os cavaleiros, os elmos brilhando ao Sol, as lanças de madeira pintada e pontas de aço cruel, a espuma nos focinhos furiosos dos cavalos. Uma muralha de morte e destruição que corria contra ele, e com apenas três fileiras de piqueiros a separá-los. Ingrad sentiu vontade de mijar, de vomitar, de chorar. Deixou-se gelar pelo pânico quando a primeira vaga chegou. Fechou os olhos, como se tudo aquilo desaparecesse se ele não estivesse a ver, mas o som ensurdeceu-o. O choque da carne contra o metal, lanças a estilhaçarem, cavalos relinchando furiosamente, homens a gritar, a uivar, a fazer sons agudos e guturais que não pareciam vir de uma garganta humana. Um soldado à sua frente recuou com o impacto, esmagando Ingrad contra o homem atrás dele, e o rapaz sentiu a ponta de um punhal furar-lhe a perna. Gritou, mas nem ele próprio se conseguiu ouvir, e por um momento pensou se seria assim a sua morte, esvair-se em sangue entre os companheiros de armas, sem glória ou razão. O calor sufocava-o, os gritos embalavam-no e ele sentiu a consciência esvair-se, certo de que mesmo se desmaiasse a pressão dos companheiros o manteria de pé.

Depois tudo acabou.

Os piqueiros tinham aguentado a linha e destroçado os cavaleiros. Seguiram-se os soldados apeados, transformados em ouriços pelas salvas implacáveis dos arqueiros, e cedo o general inimigo compreendeu que o dia estava perdido, recuando numa retirada lenta e cautelosa com metade dos seus homens ainda a respirar.

— O dia é nosso — gritava o seu general, cavalgando gloriosamenteo ao longo das fileiras, acompanhado de um arauto que fazia soar uma trompeta em sinal de vitória.

Ingrad não sabia o que estava a sentir. Aquela não era a guerra tal como lhe tinham contado. Seria aquela uma batalha

No Amor e na Guerra

fora do normal? Teria ele feito o seu papel? Afinal de contas não matara nenhum inimigo, e sentiu-se envergonhado por esse pensamento o deixar mais aliviado que desiludido.

Todos começaram a dispersar, ansiosos por regressar ao acampamento e celebrar com barris de vinho, e Ingrad procurou pelos antigos companheiros, ansioso por algo familiar depois da experiencia mais estranha da sua vida. Seu peito se inundou ao ver Samael, que olhava em volta como se também estivesse à procura de alguém. Acenou ac ver Ingrad e começou a correr na sua direção quando algo lhe barrou o caminho. Ingrad demorou a reconhecer o rapaz enorme que o espancara no primeiro dia da recruta. Sentiu o estômago afundar-se, temendo outra luta, mas depois viu-o afastar-se com um estranho sorriso nos lábios.

– O que é que ele queria?– perguntou a Samael mas ele não lhe respondeu.

Olhava para o próprio estômago com um interesse mórbido, apalpando-o com uma mão, e quando a afastou ela vinha vermelha e úmida.

– O que...

Caiu de joelhos no chão. Ingrad agachou-se ao seu lado, olhando em volta, chamando por ajuda, mas todos os outros soldados estavam distraídos, ninguém reparava neles. Todos exceto o brutamontes que lhes sorria enquanto segurava algo numa mão. Uma navalha curta. A mesma com que Samael lhe pregara um susto na noite na floresta.

– Não é isto que os paneleiros gostam? – perguntou-lhe. – De serem espetados por outro homem?

Ingrad não percebeu o que estava a acontecer. Num momento estava a uma dúzia de passos dele, e no seguinte estava mesmo à sua frente, com o cabo do punhal firmemente preso entre os dedos e a lâmina enterrada até à guarda no queixo do rapaz. Viu-o tremer como se tivesse gelo nas veias, abrindo os lábios para falar mas apenas cuspindo sangue. Depois os olhos reviraram-lhe nas órbitas e as pernas cederam, fazendo-o estatelar-se no chão.

● ● ●

A tenda dos físicos tresandava a sangue, podridão e morte, um mau augúrio para quem esperava lá dentro. Ingrad passou

por lençóis manchados onde descansavam homens sem braços e pernas, esmagadas pelos cascos pesados dos cavalos ou rasgadas pelas lanças. Alguns perderam olhos ou pedaços do rosto, cortados pelas lascas que voavam como facas quando as lanças estilhaçavam. Uns dormiam pacificamente, talvez demasiado pela forma como os seus peitos mal se moviam, enquanto outros gemiam, gritavam, pediam água, leite da papoila, os seus membros de volta.

Encontrou Samael numa ala onde estavam os feridos mais ligeiros, o ar era mais limpo e o ambiente mais silencioso. A um canto quatro soldados jogavam cartas enquanto outros dormitavam ou fumavam cachimbo. Samael conversava com uma enfermeira, que os deixou com um aceno de cabeça ao ver Ingrad aproximar-se.

— Como estás?

— O físico disse que a navalha falhou as tripas e só cortou carne. Se a ferida não arruinar, devo ficar bom numa semana.

Ingrad anuiu, e o silêncio caiu entre eles como um fosso intransponível.

— Estás bem? — perguntou Samael passado algum tempo.

Ingrad esfregou a perna onde o punhal do soldado o tinha cortado por acidente.

— Foi só um arranhão.

— Não estou a falar disso.

Ingrad olhou para o teto, desejando fugir daquele assunto mas sabendo que mais valia enfrentá-lo.

— Passamos os últimos meses a aprender como matar os nossos inimigos. Ele podia ser um soldado do rei, mas era meu inimigo. Só fiz o meu dever.

Samael afastou o olhar, e Ingrad temeu que ele o visse como alguém sujo, conspurcado pelo pecado que cometera. Depois, contudo, Samael começou a chorar.

— O que foi? — perguntou, preocupado, debruçando-se sobre ele. — Queres que chame a enfermeira?

Samael sacudiu a cabeça. Quando falou fê-lo numa voz que era pouco mais que um sussurro, e que só Ingrad podia ouvir.

— Quando o Jonas disse a brincar que eu partia corações em cada aldeia não andava longe da verdade. Sempre que chegava a um sítio procurava o rapaz mais vulnerável, seduzia-o, fodia-o e deixava-o. Fiz isso tantas vezes que se tornou uma rotina. E por que não? Este mundo não nos tolera, nunca poderia ter uma vida normal com alguém que amasse, portanto só me restava aproveitar o que pudesse. Amei-os a todos, nem que fosse só por um dia, à minha maneira, mas nunca teria arriscado o que quer que fosse por eles. Se visse algum ser ameaçado nunca o tentaria salvar. Se visse algum ser esfaqueado nunca...

A voz transformou-se-lhe num soluço e por um longo momento o único som era o do seu gemido abafado enquanto as lágrimas brotavam livremente dos seus olhos, molhando-lhe o cabelo e colando-o aos lençóis.

— Não mereço o que fizeste por mim. Ele podia ter-te matado. Podias ter sido julgado em tribunal marcial. Podias...

— Mas não fui — interrompeu Ingrad. — Agi em autodefesa, continuo a ser um soldado regular, e amanhã marchamos para o Desfiladeiro do Era, onde vamos encontrar a força de elite dos Granequeses. Posso não regressar. A última coisa que quero...

Sua voz sumiu, sentiu os olhos úmidos e por um momento pensou que era incapaz de continuar. Depois engoliu a mágoa e forçou as palavras a sair.

— ...a última coisa que quero é estar contigo uma última vez. Não quero saber quem eras ou o que fazias antes de te conhecer. O rancor é um luxo ao qual não nos podemos dar em tempo de guerra. Só me interessa que te conheci, e que pela primeira vez a minha vida fez sentido, e que não te quero perder por nada, e...

Desta vez as lágrimas venceram-no e ele escondeu a cabeça nas mãos. Foi necessário o toque gentil de Samael para as baixar.

— Achas que, se sobrevivermos a isto, as nossas vidas podem ser diferentes?

— Não estou a perceber.

— Podia viver contigo, na tua quinta. Se alguém perguntasse podias dizer que era apenas um ajudante, ninguém tinha de saber que nós...

Ingrad queria que todos soubessem, gritar a plenos pulmões que amava aquele homem e que ninguém os poderia impedir de serem felizes. Exceto uma guerra louca que parecia não ter fim.

— Claro que sim. Quando isto acabar... — disse, sem convicção.

— Quando isto acabar...

No Amor e na Guerra

Uma trombeta soou lá fora, anunciando o recolher obrigatório.

— Tenho de ir.

— Gostava de te dar uma recordação, mas, no estado em que estou...

— Teremos tempo para isso — disse Ingrad, encolhendo os ombros e desejando ardentemente que fosse verdade.

— Claro que sim, mas por agora...

Antes que Ingrad se pudesse voltar Samael enfiou-lhe uma mão nas calças, prendendo-o no lugar tão firmemente como se um gigante o segurasse.

— O que estás a fazer? — perguntou num suspiro, os seus olhos dardejando em volta com medo que alguém os estivesse a observar.

— Eles estão distraídos — tentou Samael acalmá-lo enquanto o sacudia vigorosamente. — Esquece que eles existem.

Isso foi fácil. O toque de Samael era tão diferente de quando ele o fazia sozinho. Sentiu-se umedecer como nos seus sonhos mais loucos, os mesmos que o mantinham acordado, primeiro com êxtase e depois com vergonha e culpa. Naquele momento só havia o êxtase.

— Vamos ser apanhados — sussurrou de olhos fechados, concentrando-se no calor que ardia nas suas calças.

— Só se gemeres mais alto.

Ingrad comprimiu os lábios, esforçando-se por não fazer qualquer som, mesmo quando o seu prazer explodiu na mão de Samael e ele sentiu toda a energia esvair-se do seu corpo, deixando-o frágil e vazio mas feliz.

· · ·

Ingrad remoía a injustiça da situação, coçando-a como a crosta de uma ferida, e em vez de aliviar a dor apenas conseguia aumentá-la. O mundo não era justo, soubera-o desde o berço, mas nunca o sentira com tanta intensidade.

Uma trombeta rasgou por entre o ar dormente da tarde, fazendo todos os soldados saltarem no lugar, dois mil homens organizados em seis divisões, e entre eles não estava Rodriq, nem Jonas. Nem Samael.

Ingrad sabia que seria castigado de alguma forma. Agira com justa causa, mas provocara distúrbios num exército que se queria ordeiro, e os comandantes acharam por bem afastá-lo, pelo menos até as coisas acalmarem. Para que não causasse mais problemas. Para que morresse longe.

Empunhou o gigantesco pique que compunha o armamento da sua nova divisão, colocou-se em posição no centro da coluna e deixou-se conduzir pela massa humana à sua volta, em direção à garganta do desfiladeiro. Lá em cima, negras contra o sol escaldante, ele conseguia discernir as silhuetas das duas divisões de arqueiros, colocando-se em posição para emboscar o exército inimigo. Do outro lado do desfiladeiro, escondidos entre os pinhais cerrados que cresciam até às encostas escarpadas dos montes, estavam duas divisões de cavalaria pesada, esperando pacientemente que o inimigo penetrasse fundo o suficiente na passagem estreita para lhes cortarem violentamente a retaguarda e os esmagarem sob as pontas das lanças e os cascos dos cavalos. No centro, prontos a receber o grosso da força inimiga, estava uma divisão de lanceiros e outra de piqueiros, com Ingrad bem ao meio da vanguarda. Uma isca para atrair o inimigo. Um sacrifício.

Viu uma cortina de poeira levantar-se no horizonte e demorou a distinguir as pequenas formas negras dos cavaleiros que a provocavam. Não tardou a desejar não os ver, notando como se tornavam maiores e mais nítidos a uma velocidade alarmante. Sentia cada segundo que passava com uma intensidade que mais os fazia parecer uma hora, cada um dos seus sentidos amplificados a um nível doloroso. Ouvia a batida ensurdecedora do seu coração, sentia o gibão de couro fervido arranhar-lhe a pele, ouvia a respiração pesada dos soldados ao seu lado, acompanhada de rezas, de pragas, de choro.

A trompeta voltou a soar, e todos baixaram os piques em simultâneo, trezentos homens agindo como um só. Ingrad sentiu uma fúria cega apoderar-se do seu corpo. Cerrou os dentes e reforçou o aperto na gigantesca lança que mal conseguia segurar, concentrando-se no brilho ofuscante que o Sol produzia na ponta aguçada. Deu por si a imaginar como seria a sensação de enterrar aquela longa haste de madeira no peito de um cavaleiro, penetrando no metal da couraça e da cota de malha, rasgando-lhe a carne, roubando-lhe a vida. Em vez de medo ou repugnância, esse pensamento o entusiasmava.

Soltou um grito de desafio, e todos os companheiros juntaram-se a ele num coro ensurdecedor, como um dragão

No Amor e na Guerra

encurralado desafiando o herói a dar o último golpe, prometendo vender caro a sua vida.

Os cavaleiros pareceram abrandar até pararem abruptamente, todos á exceção de um punhado que parecia escoltar um soldado diferente dos restantes. O seu cavalo era branco e a armadura polida até parecer um espelho. A sua lança não apontava em frente, na direção deles, mas para o ar como um poste, e na sua ponta estava atada uma bandeira. Não era vermelha e azul, com um cavalo empinado ao centro, como as que tinham visto até então. Era totalmente branca.

A trombeta soou e Ingrad estremeceu no lugar, quase deixando cair o pique. Não era o apito agudo e breve que os comandava. Era um grave e longo, que indicava o fim da batalha.

Os soldados trocaram olhares confusos e os seus piques, antes alinhados como as estacas de uma cerca, estavam agora desnivelados, mas ninguém ousou quebrar formação e abandonar o lugar.

O comandante rompeu por entre as fileiras no seu corcel negro e começou a desfilar em frente da divisão, gritando palavras que morriam antes de alcançar Ingrad. Finalmente aproximou-se e ele conseguiu distinguir as palavras que repetia incessantemente.

— ..capitulou. Vencemos. O inimigo capitulou. Vencemos. O inimigo...

● ● ●

A guerra terminou tão abruptamente como tinha começado. Vencido em todas as frentes, o rei Granequês foi traído pelas próprias tropas e forçado a capitular, sob pena de ver o seu reino inteiro passado pela espada. Todos os soldados receberam um agradecimento e um pequeno saco de moedas e foram enviados de regresso às suas vidas, como se nada daquilo tivesse passado de um sonho febril que tomara de assalto a sua rotina. No entanto, nada permanecia como antes.

Ingrad empurrou a porta e ela girou no único eixo que lhe restava. A sua casa fora assaltada e os seus poucos pertences roubados ou destruídos. Não havia sinal dos animais, mortos ou fugidos. Algumas tábuas do telhado do celeiro tinham cedido, e as cercas estavam quebradas numa dúzia de sítios.

— Vai precisar de trabalho — observou.

Nuno Almeida

— Tens alguma coisa melhor para fazer? — perguntou Samael.

Ingrad devolveu-lhe um sorriso matreiro.

— Temos de comprar uma cama primeiro.

— Não tens palha no celeiro? Sempre ouvi dizer que era um excelente substituto.

Ingrad soltou uma gargalhada que ecoou pelo silêncio do vale.

Sim, nada estava como antes, mas nem sempre a mudança era algo mau. Por vezes a vida muda para melhor.

O Colar de Scheherazade
Márcia Souza

Em uma noite fria e estrelada de março de 1734, em um cortiço da cidade de Veneza, sentado na poltrona de veludo surrada no pequeno quarto de vestir cheio de vestidos exuberantes, chapéus pomposos, echarpes e estolas finas, o rapaz olhava maravilhado enquanto ela aplicava a pasta Venetian Ceruse, que deixou sua pele, naturalmente clara, mais branca que a *maschera nobile* que usaria no baile daquela noite. Ela deslizou suavemente as meias de seda pretas subindo por suas pernas e as prendeu com uma liga de renda. Ele ajudou a bela mulher a apertar o espartilho que modelava sua cintura mais magra do que fina e fechou os inúmeros botõezinhos do magnífico vestido rendado que combinava com os sapatos de cetim bordado. Para não amassar a armada gola de rufo em volta do decote, ele fechou com cuidado a gargantilha no pescoço frágil de sua mãe.

– Angel, *my pretty boy*, não estrague seu rosto bonito com esse olhar preocupado – ela tinha pedido com sua voz suave e sorriso encantador, misturando italiano e inglês.

Sarah havia fugido da rigidez sóbria do protestantismo da Inglaterra para a glamorosa Veneza com um comerciante árabe que, ela descobriu mais tarde, negociava perfumes e prazeres. Mas ela não reclamava dos clientes nojentos aos quais cedia sua juventude e frescor porque um deles havia lhe dado seu amado filho Angel.

O rapaz não gostou do colar que a mãe havia ganhado de um cliente muito rico. Não só porque o colar, uma gargantinha com dois aros de ouro com 49 pedras preciosas em cada

O Colar de Scheherazade

um, parecia uma mandíbula com coloridos dentes afiados, mas também porque o homem, um árabe sisudo com cara de mau, olhava para ele de forma cobiçosa.

– Esse colar é feio, não o use – ele tinha pedido.

– Amir Saadi me pediu para usá-lo no baile hoje, disse que será uma noite especial. Acho que esse *gentleman* vai mudar nossa vida, *my pretty boy*. – O sorriso ingênuo dela sempre o convencia a apoiá-la, era tudo que ele podia fazer para ajudar.

Sarah jamais permitiu que Angel se tornasse aprendiz ou servo de alguém. Ela havia juntado uma boa quantia, e em dois meses o mandaria para estudar na França, onde ninguém saberia que sua mãe era uma cortesã. "Alguém tão lindo e inteligente não merece acabar num porão imundo, trabalhando em troca de migalhas", ela sempre dizia. Uma vez, quando apanhou dos meninos da vizinhança por ser filho de uma prostituta, ele a questionou sobre honra e virtude, e ela respondeu: "Eu sou a pessoa que mantém os casamentos felizes, *my pretty boy*, esposas só podem ser *ladies* porque existem *courtesans*." Foi por isso que naquela noite ele se vestiu como um pajem e a acompanhou ao baile de carnaval.

$$\bullet\ \bullet\ \bullet$$

– Tem certeza de que a informação é confiável, Fred?

– Claro, Ra-ra-ra. Cem por cento confiável, como sempre. – A conhecida risadinha maliciosa só confirma o que o investigador de polícia Raimundo Rafael Ramos já imaginava, a informação veio da prostituta. O investigador não gosta disso, mas, depois de tanto tempo trabalhando no DEATUR, ele já se acostumou com muitas coisas incoerentes, dentre elas a existência de uma prostituta que nunca mente.

Há três semanas corpos decapitados começaram a aparecer no Rio Tietê. A investigação revelou indícios de rituais satânicos, por isso o caso foi passado para eles. Raimundo Rafael conseguiu identificar as vítimas, homens na faixa dos 20 aos 35 anos, fortes e rudes. Além de decapitadas, o investigador notou a falta do pênis das vítimas. Provavelmente um caso envolvendo adoradores de Asmodeus, o demônio da luxúria. Em casos que envolvem sexo, o departamento de informação do DEATUR sempre procura a prostituta Sheherazade, que, por causa de uma maldição, morrerá se não disser apenas a verdade. O fato dela não mentir torna seus clientes mais suscetíveis a também revelar seus segredos. Ela sabe muita coisa, mas não trai seus clientes, por isso suas informações são geralmente vagas, como a deste caso: "*A Luz que atrai pombas bonitas e morcegos que comem frutas deixa mesmo torres tradicionais, famosas e bem cuidadas aconchegantes para as pragas.*" Seguindo esse indício, agora o investigador está enfiado em um macacão de mecânico no meio da noite, andando pelas ruas de lojas coreanas no bairro do Bom Retiro, em direção à Estação da Luz.

Quando a cidade de São Paulo foi fundada, os monges do Mosteiro de São Bento eram os únicos que lidavam com os demônios e seres das trevas que escapavam para o nosso plano de realidade. Com a passagem do tempo, a Igreja deixou de ter autoridade para intervir nas escolhas do cidadão, por isso os órgãos de defesa pública tiveram que ser acionados. Assim, para cuidar dos "turistas" dos planos infernais e "dignitários" dos planos celestes, surgiu a Divisão Policial de Portos, Aeroportos, Atendimento ao Turista e Proteção a Dignitários do DEATUR, que para o público em geral é uma divisão da policia civil que cuida de casos de roubos a turistas ou protege eventos e pessoas importantes.

– Sem dúvida é o lugar certo, Ra-ra-ra – fala Fred enquanto passam ao lado do parque da Luz. – Tem uma névoa negra de miasma em volta da torre do relógio.

– Não vejo nada – responde o investigador.

– Mesmo sua grande sensibilidade não vai ser capaz de detectar isso, Ra-ra-ra. Somente quem está do outro lado consegue ver. Com certeza tem um "turista" lá, ha, ha, ha – Gargalha o outro da piada usual.

Raimundo Rafael se irrita, Fred tem o hábito de rimar sua gargalhada costumeira com o apelido de infância de que ele não gosta. Sua mãe o chamava assim por causa das iniciais de seu nome Ra-imundo Ra-fael Ra-mos, ela dizia que formava uma risada, então bastava chamá-lo para que se sentisse alegre. Fred o chamou assim desde o primeiro dia em que começaram a ser parceiros, e, quanto mais o investigador brigasse, mais ele o importunava com o apelido. No DEATUR sempre são formadas uma dupla de agentes, um mortal e um fantasma, e, diferente do sério Raimundo Rafael, o falecido Frederico Gabriel tem um temperamento descontraído e divertido.

– Ei, Ra-ra-ra, ali na frente, pombas e morcegos caçando juntos – aponta Fred, flutuando ao lado do investigador.

Como dito na informação de Scheherazade, "pombas", as prostitutas, não costumam dividir seu território com "morcegos", os garotos de programa. Mas o investigador Raimundo Rafael descobriu que há uma semana existe um vai e vem de putas e michês trabalhando em conjunto para pegar clientela, a um preço muito barato, nos arredores da estação da Luz. A região sempre foi conhecida pela prostituição de baixo custo dos viciados em crack, mas agora, moças e rapazes universitários, bem vestidos e saudáveis, estão se prostituindo aqui a preços irrisórios.

– Ih! Ra-ra-ra, eles são iniciados, melhor me esconder, sei que você não curte essa parte, mas é isso que um 'encosto" faz, né? Ha, ha, ha – diz Fred, rindo.

Para suprimir sua presença astral, o fantasma precisa incorporar em um médium. É um processo indolor, mas incômodo; com mais uma alma dentro de si, o médium se sente cansado e pesado. Depois de tantas vezes, Raimundo Rafael já não vomita como nas primeiras possessões, mas a sensação da entrada não deixou de ser desagradável: um leve choque, uma ligeira dor de cabeça, as vistas meio embaçadas e, no fundo, a imagem nostálgica de uma dríade e de um anjo.

● ● ●

Em uma noite quente e estrelada de fevereiro de 1993, sentado na cadeira de plástico branco-amarelado na pequena cozinha de chão de cimento vermelho dedicadamente encerado do barraco de dois cômodos de uma grande favela da cidade de São Paulo, o menino olhava maravilhado enquanto ela colocava os longos cílios postiços verdes, que ressaltavam seus profundos olhos negros. A sombra em um degradê verde era mais escura próxima ao nariz e de um tom luminoso perto das sobrancelhas finas delicadamente delineadas. Na parte inferior dos olhos ela colou delicadas pedrinhas imitando esmeraldas. Seu corpo bonito e moreno brilhava com a purpurina e as lantejoulas do diminuto figurino. Ela havia dito que era uma fantasia de dríade, um tipo de fada das plantas, por isso as folhas de hera de metal subindo de suas sandálias, de salto altíssimo, por toda sua perna bem torneada. Na visão dele, no entanto, ela era uma princesa, com a magnifica coroa de flores brilhantes que enfeitavam seus volumosos cabelos cacheados.

– Vamos, meu bem? – Ela disse, segurando as bochechas do menino delicadamente para não arranhá-lo com as longas unhas postiças. – O baile de hoje é especial, meu amor, mamãe vai ganhar um bom dinheiro nessa festa de gringos.

O menino olhou para ela preocupado, mas não disse nada. Ela o olhou com ternura, parecia sempre saber o que ele sentia.

– Madalena disse que você pode ficar no guarda-volumes. – Ela o abraçou forte, deixando nele um pouco da purpurina verde. – Esse gringo vai mudar nossa vida. Você vai ver, Ra-ra-ra – ela tinha dito com seu sorriso ingênuo, e, resignado, ele a acompanhou ao baile de carnaval.

• • •

Durante o dia, a estação da Luz é um lugar cheio de vida e movimento. Estudantes, trabalhadores e visitantes chegam e partem apressados nos trens, poucos param sobre as antigas plataformas para simplesmente observar sua beleza. À noite, quando as lojas fecham e hotéis baratos abrem, os ambulantes dão lugar às meretrizes.

– Olá, moço forte. Não quer uma diversão baratinha antes de ir para casa? Uma rapidinha, só um real.

A moça é incrivelmente linda, mulata, olhos verdes, seios firmes, pele e cabelo bem tratados. As roupas finas e maquiagem perfeita deixam a jovem pronta para uma sessão de fotos de alguma revista chique, mas seu hálito tem o odor fétido dos maculados. Esse cheiro não é sentido por pessoas comuns, mas Raimundo Rafael é sensível aos "turistas".

– Ficou silencioso, meu bem – diz a moça, se enroscando no braço do investigador. – Talvez eu não seja a fruta que você gosta de chupar. – Ela dá uma piscadela marota com um sorriso irresistível. Raimundo Rafael pensa em quantas vítimas esse sorriso já conseguiu facilmente. – Angel, vem cá, querido. – Ela acena para um rapaz magro e bonito que está encostado em um poste.

O rapaz loiro, parecendo um adolescente colegial, se aproxima timidamente. Com um rosto ingênuo e puro, Raimundo se lembra dos querubins que viu no Mosteiro de São Bento, o mesmo olhar límpido e sincero, imaculado. Sem dúvida o apelido combina com ele, o que um rapaz como esse faz nesse ambiente? Mas não é hora de se preocupar com isso.

– Que tal minha companhia? – o rapaz pergunta com um sorriso meigo, e completa, sussurrando: – Ra-ra-ra.

Fora Fred e os oficiais do DEATUR ninguém conhece o apelido, por isso o investigador demora alguns instantes para se recobrar do choque. O rapaz se aproveita do momento de hesitação para segurar delicadamente seu braço.

– Vamos – diz o rapaz. Raimundo Rafael, intrigado, balança a cabeça positivamente, e os dois seguem em direção à Estação da Luz.

– Como sabe... – O investigador começa a perguntar, mas é interrompido por um aperto no braço.

– Oh! Eu sei muitas coisas – diz Angel, com um sorriso encantadoramente singelo, e imediatamente Raimundo Rafael se lembra do anjo.

• • •

A grossa fumaça, cheirando a gente, cigarros, bebidas, vícios e degradações, fedia insuportavelmente. O menino de sete anos encolhido ao lado dos sobretudos, echarpes e bolsas esperava que a noite acabasse logo e ele pudesse voltar para casa com sua mãe. Para passar o tempo ele olhava o vai e vem de pessoas fantasiadas, e achou engraçada a cartola de um senhor gordo que tinha acabado de chegar. A figura o lembrou de um vilão de um antigo seriado de TV em preto e branco, por isso ele riu. Mas, naquele ambiente deturpado, o senhor interpretou o sorriso infantil como um convite e segurou o pequeno braço por cima do balcão do guarda-volumes com gula. O menino arregalou os olhos apavorados, enquanto tentava inutilmente se soltar.

– Senhor, suas companhias o aguardam – disse um rapaz, apresentando ao homem duas odaliscas gêmeas exuberantes. O homem pareceu satisfeito e abandonou o menino, que havia se encharcado de medo em forma de urina.

O rapaz era muito branco, loiro e com grandes olhos azuis. Vestia uma fantasia de cisne com uma grande gola de plumas finas sobre o peito nu. As asas da fantasia pareciam bater enquanto se afastava, mas em poucos momentos o menino o viu voltar. Ele se abaixou devagar, na altura do garoto, e estendeu-lhe uma toalha ensopada de água. Então, retirou a máscara de ave, e o menino achou que ele parecia um anjo.

– É melhor você se limpar aqui mesmo, o banheiro deste lugar não é seguro – disse o rapaz, com um sorriso meigo. – Qual seu apelido?

– Raimundo Rafael Ra... – O rapaz interrompeu a resposta colocando delicadamente o seu dedo sobre a boca do menino.

– Seu nome é especial, quer dizer: "O sábio anjo protetor curado por Deus, aquele que protege com conselhos". É um nome importante e poderoso, nunca diga seu nome verdadeiro a estranhos. Por isso perguntei seu apelido.

– Minha mãe me chama de Ra-ra-ra – o menino respondeu, envergonhado.

O rapaz retirou as asas falsas e fez com elas um colchão improvisado embaixo do balcão, onde colocou o menino, escondido de todos os olhares.

– Quer ouvir uma história, Ra-ra-ra? – perguntou o rapaz, enquanto acariciava os grossos cabelos pretos do menino. A voz suave e melodiosa do rapaz apagou o som da música alta e das risadas.

Dizem as lendas que um poderoso sultão chamado Shahryar vivia num reino muito distante onde tinha um harém cheio de mulheres exuberantes, principalmente a rainha, a mais bela de todas. Mas a rainha era apaixonada por seu escravo e aproveitava suas saídas para se encontrar com seu amante. Um dia Shahryar descobriu a traição da rainha. Arrasado, o sultão decidiu vagar pelo mundo, e então ele encontrou dormindo na praia um djin, um gênio, que mantinha uma princesa muito bonita aprisionada, obrigando-a a ser sua companheira. Mesmo sendo frágil e presa por uma grande corrente, a moça, por revolta, se aproveitava do sono do djin para se deitar com qualquer homem que encontrasse, e, por isso, se ofereceu a Shahryar. O sultão, ofendido pela proposta indecorosa da moça, a espancou, acordou o djin e lhe mostrou as provas da traição dela, os 98 anéis de todos os seus amantes presos em um cordão de ouro.

Cheio de ódio e maldade, o djin transformou o cordão com os anéis em uma gargantilha, colocou-a em sua cativa e disse: "Se fores sincera, a beleza que tens agora será tua eterna roupagem. Agora responde: Tu, alguma vez me traíste?" A mulher, apavorada com a ira do djin caso confessasse,

O Colar de Scheherazade

respondeu que não, e sua cabeça foi decepada imediatamente pelo colar mágico. Prevendo que o colar só traria desgraça, o djin entregou a gargantilha ao sultão, que voltando ao seu reino, o colocou em sua esposa. Ele perguntou se ela o amava e lhe era fiel. Com medo, ela respondeu que sim, também sendo decapitada pelo colar. Então o colar passou a ser o presente de casamento que o sultão dava para uma nova donzela a cada noite, e na manhã seguinte, após a pergunta se era amado, uma nova esposa era decapitada pelo colar que não aceitava mentiras. E assim as mortes continuaram até que ele conheceu Scheherazade.

Scheherazade, além de bonita, era muito inteligente, e logo percebeu que se não falasse apenas a verdade seria decapitada. Mas ela tinha um plano: toda noite Scheherazade contava uma história a Shahryar, mas sempre deixava o final para o dia seguinte. As histórias eram como quebra-cabeças que iam se encaixando, e, quanto mais intrincadas, mais deixavam o sultão curioso. Além disso, as histórias continham ensinamentos profundos que aos poucos foram penetrando no coração de Shahryar. Por fim o sultão se apaixonou por ela, e não teve coragem de fazer a fatídica pergunta, vivendo feliz por muitos anos. Somente em seu leito de morte ele enfim perguntou: "Você chegou a me amar, bela Scheherazade?", ao que ela respondeu "não", sendo decapitada e morrendo junto ao homem que sempre amou.

Raimundo Rafael se lembra de ter perguntado antes de dormir: "Se Scheherazade não podia mentir, como ela pôde inventar histórias?" Mas só se recorda de ser acordado pelos policiais no ninho de penas ligeiramente úmidas embaixo do balcão de cimento que o protegeu do grande incêndio na boate que deixou os corpos carbonizados dos foliões irreconhecíveis, sem nenhum outro sobrevivente. Ainda hoje o investigador guarda uma pequena pena branca junto com uma folha de hera chamuscada ao lado do distintivo.

• • •

São duas da manhã, nesse horário a estação deveria estar fechada, mas investigador e michê entram casualmente pelas grandes portas abertas. Eles sobem as escadas, entram em corredores de acesso restrito. O investigador estranha a falta dos vigias e resmunga para si mesmo, Angel para de andar e mostra uma marca na parte inferior do seu pulso esquerdo.

– A marca do iniciado! – Se espanta o investigador. – Não é possível retirar essa marca maldita, uma vez corrompido não há mais volta. Em sete dias sua alma será consumida e se tornará apenas uma casca vazia, apenas um corpo com instintos básicos, só um demente andando a esmo pela cidade. Nem mesmo os monges podem reverter esse processo. Você não sabia?

– Essa marca possibilita a transição para o outro lado – responde Angel. – Deseja continuar?

– Por que está fazendo isso?

O jovem apenas sorri. E volta a andar em direção à torre do relógio. Raimundo Rafael suspira. Não é fácil passar para esse plano sem alguém de dentro puxar, mas o investigador não gosta da ideia de sacrificar outros para isso.

– Só me responda, por que está fazendo isso, eu preciso entender.

• • •

O baile era só um punhado de ricos burgueses bajulando nobres decadentes, as cortesãs eram somente as prendas oferecidas nesse jogo de poder. Era isso que Angel pensava enquanto estava esperando do lado de fora do salão que a noite acabasse logo e ele pudesse voltar para casa com sua mãe. Sem aviso, dois homens enormes o agarraram e o arrastaram para dentro de uma cena aterrorizante: guerreiros árabes com grandes cimitarras partiam em pedaços os corpos das cortesãs mortas. Nobres e burgueses enchiam as taças com o sangue que jorrava das cabeças decepadas enquanto riam ensandecidos. Sua mãe, em prantos, estava de joelhos aos pés de Amir Saadi.

– Ah! Angelo, *carissimo*! – disse Amir Saadi em um italiano forçado e um sorriso maldoso. – Nossa *bella* Sarah, *amica mia*, é *mui* virtuosa – continua, em tom irônico, e os homens gargalham. – Ela não mente! Uma puta que não mente!

– Por favor, *Signor* Amir, eu imploro! – suplicou Sarah desesperada. Angel tentou se soltar, mas é atingido por um soco no estômago.

– Ora, *cara mia*, é só responder uma perguntinha. Você me ama? – ele perguntou com um brilho de pura maldade nos olhos. – Se responder que sim, farei de você a mulher mais feliz do mundo, mas, se responder que não, seu filho será degolado, assim como suas amigas aí no chão.

Sarah olhou para Angel com a tristeza de um adeus e respondeu:

– Sim.

Imediatamente ela foi degolada pela gargantilha. Os homens urraram e deram vivas, aplaudindo efusivamente o show macabro. Amir Saadi retirou a gargantilha da poça de sangue e a colocou em Angel.

– Sempre achei você muito mais bonito do que qualquer cortesã, Ângelo *mio*. – O homem segurou os cabelos compridos do rapaz e forçou um beijo em sua boca. O árabe era forte e dominou Angel facilmente, possuindo-o ardorosa e degradantemente. Depois de saciado, o serviu aos demais convidados.

Após horas de humilhação, abuso e tortura, Amir Saadi lhe disse rindo:

– Posso fazer com que toda dor acabe, *caro mio*, apenas responda à pergunta. Você me ama?

• • •

A escada que leva à sala do relógio é imensa e íngreme, coberta com um requintado tapete de veludo vermelho como as escadarias de um teatro decadente. O ambiente é sombrio e ligeiramente frio, com um cheiro antigo de Kölnisch Wasser no ar. Nas paredes, quadros com a cabeça decapitada de uma mulher muito pálida, pendurada pelos cabelos por um homem moreno, sorrindo maliciosamente. Olhados em sequência, parecem dizer algo. Raimundo Rafael sabe que o cenário peculiar não está no plano real, mas mesmo assim não é o que esperava do inferno. Ele olha os quadros com curiosidade.

– É minha mãe, ela está dizendo: "não". O inferno é construído com base nos arrependimentos, vergonhas, frustações e angústias de cada um – explica Angel. – Diferente do que se pensa, o inferno é pessoal e não uma questão de pecado ou crime, pois essas duas coisas são definidas por outros. Todos têm seu inferno e o meu é no século XVIII.

Raimundo Rafael se lembra do baile de carnaval de 93, provavelmente seu inferno tem purpurina verde e urina.

Na sala do relógio, os mais variados infernos convergem, misturando cheiros, sons e texturas em um delírio alucinante e, por causa da presença das crias do demônio da luxúria, afrodisíaco. Como raramente os lordes demoníacos conseguem viajar para nosso plano, em geral suas crias são enviadas para sugar energia vital dos humanos. E uma vítima desse sacrifício, além de perder a vida, perde também a alma, que se corrompe no processo.

O investigador sabe que terá que fingir estar em transe até conseguir se aproximar da súcubo e do íncubo criados por Asmodeus. Com seus rostos lascivos, têm os olhos de fundo negro e íris da mesma cor vermelho-carmim da pele, semicerrados pelos longos cílios dourados perdidos em um sórdido enlevo voluptuoso. Os volumosos seios bem modelados da súcubo ondulam vigorosos enquanto cavalga um musculoso operário, que, extasiado, recebe a penetração forte do membro adornado por joias do íncubo em movimentos fortes e ritmados. Logo o operário estará exaurido. Esse tipo de demônio suga a vitalidade dos humanos através do sexo. Em volta, vítimas delirantes e iniciados se entrelaçam em uma orgia febril e descontrolada.

Angel puxa a cabeça do investigador e a aproxima suave, mas imperiosamente, de seus úmidos lábios cor de rosa e o beija com sensualidade. Diante desses luminosos olhos azuis, o investigador hesita, e o instinto o faz segurar os braços do rapaz para afastá-lo. O belo rapaz mordisca levemente os lábios do investigador até que a mandíbula de Raimundo Rafael se abre sem convicção e aceita a saliva quente que ameaça incendiar qualquer vestígio de pudor. Durante o beijo, mãos macias abrem habilmente o zíper do macacão grosseiro do investigador e, enquanto acaricia seu membro com firmeza, sua língua lasciva desliza pelo pescoço até chegar à orelha de Raimundo Rafael.

– Eles gostam dos mais viris e rudes. Você tem que me dominar e, quando chegarmos perto, terá que me bater forte, seja convincente – Angel sussurra com calma.

O comentário do rapaz irrita Raimundo Rafael; ele se sente manipulado pelo rosto ingênuo de frieza calculista. Ele não sabe o porquê, mas Angel exerce sobre ele uma forte impressão. Mesmo sabendo que a marca do iniciado só pode ser colocada em humanos, ele suspeita que o rapaz seja um "dignitário", o mesmo que o salvou há tantos anos. Mas, ao mesmo tempo que está atraído pelo rapaz, o investigador não aceita que o rosto colorido por rubor genuinamente tímido pertença à mesma pessoa que o excita com dedos experientes.

Uma criatura tão perfeita, maculada de uma forma tão baixa,

O Colar de Scheherazade

causa um misto de fúria e frustração no investigador, que explodem em uma desvairada excitação sensual. Com as mãos trêmulas ele acaricia o corpo delicado do rapaz, mas, nesse lugar torpe, o desejo se torna voraz, e ele deixa marcas roxas na pele alva. Ao penetrá-lo violentamente, Raimundo experimenta a resistência pura de uma primeira vez, e um amor sincero e desconhecido pelo rapaz o domina. No fundo de sua mente ele vê Angel em cenas de ternura diferentes da sordidez profana do momento. As expressões de dor no rosto de Angel são alternadas com as feições de amor e carinho de sua ilusão. Ele sente o calor de um sentimento que não é seu. Angustiado, ele se entrega a um frenesi de prazer como se cada penetração fosse capaz de fazer o menino se arrepender. Um sentimento arrebatador, forte e doloroso, e isso é desesperador. Aturdido pelas imagens e sensações desconexas Raimundo Rafael não precisa de muito esforço para fingir. Frustrado, ele realmente pratica um sexo rude e tirânico.

O investigador é acordado do arrebatamento por uma dor aguda no polegar: uma das contas afiadas da gargantilha de Angel fura seu dedo, e ele percebe que está estrangulando o rapaz ao lado dos demônios que se deliciam com a cena. Sem perder tempo, Raimundo Rafael retira a arma escondida no coldre auxiliar que fica escondido sob a jaqueta e dispara ao mesmo tempo em que recita: *Confutatis maledictis flammis acribus addictis: tertius gradus hierarchiae daemonem; Kyrie eleison, Christe eleison; Cuncta stricte discussurus!*

Fred imediatamente deixa o corpo de Raimundo Rafael e se transforma em uma barreira de energia branca, protegendo o investigador e Angel das chamas negras que consomem tudo ao redor. Esgotado, o investigador olha para as marcas vermelhas de seus dedos em volta da gargantilha no pescoço branco. "Parece o colar de Scheherazade" ele pensa antes de perder os sentidos.

• • •

Depois que recobrou a consciência, Raimundo Rafael passou os seis dias após o evento procurando por Angel, que desaparecera enquanto o DEATUR limpava a cena do exorcismo. Mesmo sem saber como retirar a marca do iniciado, que já deveria ter se expandido pelo corpo do rapaz, ele queria desesperadamente encontrá-lo. Mas, mesmo tendo procurado em todos os redutos

O Colar de Scheherazade

de michê da cidade, internet, bares e cafés populares, hospitais e até necrotérios, não encontrou o rapaz.

Fred, que normalmente faz gracinhas e piadas, se mantém silencioso sentado em cima da geladeira da copa do DEATUR. Enquanto a copeira serve um café muito cheiroso, recém-coado, Raimundo Rafael se prepara para o comentário usual de Fred: "Ah! Se pelo menos não tivesse olfato... Sentir o cheiro e não poder beber é o meu inferno." Mas o fantasma se mantém em silêncio, e só então Raimundo Rafael presta atenção no outro.

— Era você — ele diz, encarando o fantasma. — Eram suas lembranças na minha mente naquela hora. Você era amante dele.

Fred desvia o olhar, abaixa a cabeça e flutua para fora da sala. O investigador chama, mas o fantasma se distancia pela escada.

— "Fortaleza de Deus que governa com paz, eu entoo seu nome, Frederico Gabriel da casa terrana de Mendes." Venha até mim.

O encanto é simples, e por isso mesmo eficiente: ao dizer o significado do nome, o investigador ganha o controle sobre Fred.

— De que adianta você saber? Não irá encontrá-lo se ele não quiser — diz Fred, tristemente. — Me desculpe por me aproveitar do seu corpo para senti-lo mais uma vez, ficou uma coisa confusa e meio fora de controle. Se serve de consolo, não foi agradável para mim também, já não sabia em que momento era eu ou você. Eu o amei muito e ainda sinto sua falta.

— Mas você morreu há cinquenta anos! Como..

— Esqueça esse assunto, eu estava no baile de carnaval em 93. Angel me pediu para ficar de olho em um moleque dormindo embaixo do balcão de guarda-volumes, e, quando o demônio explodiu e incinerou tudo ao redor, Angel não estava perto de nós. E mesmo assim ele apareceu dois meses depois em outro caso sem a marca de iniciado, sem sinais de queimadura, sempre do mesmo jeito que o vi pela primeira vez, sem explicar nada. Esqueça ele, Ra-ra-ra, enquanto você ainda não se envolveu o bastante.

— Ele é tão ruim assim?

— Pelo contrário, ele é perfeito. Por isso é tão difícil abrir mão dele. — A face translúcida do fantasma tem uma expressão tão infeliz que Raimundo Rafael o libera do encanto.

O investigador termina de descer as escadas e caminha pelas ruas apinhadas de gente do centro de São Paulo. Ele precisa de um tempo para pensar e digerir as informações. No ponto de ônibus ao lado do Teatro Municipal ele compra um saquinho com pedaços de coco açucarados. O barulho alto do dente triturando o doce o acalma. Na Praça Ramos, ele desce pela escadaria da antiga praça dos gatos e se senta na fonte, onde acaricia os gatos que ninguém mais vê. Ele sente o roçar macio contra sua perna e ouve o ronronar carinhoso de seus amigos há muito tempo mortos. Então, o investigador sente no braço um toque diferente. Ele se vira e encara os procurados olhos azuis.

Depois de um tempo em silêncio apenas olhando para o rapaz, o investigador diz:

– *Se fores* **"sincera"**, *a beleza que tens* **"agora"** *será tua eterna roupagem.* Tinha dito o djin, é por isso que você se livra da marca.

– Toda manhã, na hora do Fajr, a magia do *djin* faz o corpo do usuário que não mentir retornar ao estado em que estava quando o colar foi colocado – responde o rapaz.

– E minha mãe? – pergunta o investigador.

– Responda você.

– O DEATUR só realiza o exorcismo dos "turistas", ser vítima de um demônio é uma escolha.

– Instrução Normativa 1127-74 – diz Angel.

– Mas você me salvou – suspira o investigador.

– O agente Frederico o salvou.

– Você me salvou antes. – Raimundo Rafael encara o rapaz, que não responde nada.

Eles ficam um tempo em silêncio, por fim o investigador fala:

– Vai desaparecer se eu fizer perguntas?

– Só se elas custarem minha cabeça. – O sorriso de Angel é deslumbrante e Raimundo Rafael percebe que já é tarde demais para abrir mão dele.

– Apenas uma.

O rapaz se prepara para a pergunta que mais teme.

– Se Scheherazade não podia mentir, como ela pôde inventar histórias? – pergunta o investigador de um jeito maroto.

– *"Dizem as lendas que..."* – responde o rapaz, sem esconder o alívio.

– Ela contava uma lenda – conclui Raimundo Rafael. – Uma história que não é sua não é nem mentira, nem verdade.

– Tenho várias versões do livro em casa. – Um sorriso ligeiramente malicioso aparece no rosto inocente.

O investigador sorri e responde:

– Então vamos. Eu amo Scheherazade.

O reflexo do *dokkaebi*

Priscilla Matsumoto

Tinha sido mais um daqueles dias de merda que, numa derradeira tentativa de salvação, terminara num bar. Eu gostava da minha profissão, professor de Português do Ensino Médio, juro que gostava. Mas, excepcionalmente naquele ano, eu tinha uma turma terrível. Eles não me permitiam falar nem dois minutos seguidos, jamais faziam os exercícios propostos, deram-me um apelido ridículo (que tenho até vergonha de mencionar aqui) e um grupinho, inclusive, ousava jogar partidas de sueca no fundo da sala durante a aula. E, pra piorar meu estado de espírito, eu recebera meu salário naquele dia e chegara à conclusão que as contas daquele mês – e muito provavelmente dos próximos também – não iriam fechar. Os planos do mestrado seriam empurrados para algum canto obscuro do meu futuro. Com esses pensamentos confinados na cabeça como o ar em uma panela de pressão, sentei-me ao balcão e pedi a cerveja mais barata.

Foi quando o vi.

Uns três bancos adiante, o corpo magro curvado sobre o balcão, os cabelos um emaranhado prateado na cabeça, volumosos devido a algum produto fixador. Mesmo com a luz baixa do ambiente, dava para ver seus olhos puxados contornados por um forte delineador preto. Usava uma malha folgada de mangas compridas e estampa de leopardo, calça preta justa, com rasgos horizontais paralelos de cima a baixo. Nos

O reflexo do *dokkaebi*

pés, calçados pesados – de camurça vermelha com solado preto de borracha muito grosso – os quais aumentariam sua altura em pelo menos quatro centímetros. Não usava acessórios, exceto pela pequena cruz prateada que pendia de sua orelha esquerda – a única orelha que eu conseguia ver de onde estava. À sua frente, sobre o balcão, havia um desses drinques coloridos que devia custar cinco vezes o valor da minha garrafa de cerveja.

Ele não virou o rosto na minha direção nenhuma vez, o que me deixou confortável para espiá-lo, até uma garota se aproximar, vindo do lado em que eu estava. A moça era também oriental, com longos cabelos castanhos sem um fio fora do lugar, e usava um vestido cor-de-rosa berrante, curto, colado ao corpo escultural. Ele se virou para cumprimentá-la, o que fez com que seu olhar raspasse no meu. Abaixei a cabeça e encarei a superfície amarelo-transparente da cerveja no copo. Minha visão periférica me permitiu sentir a movimentação próxima. Ele se levantara. Eu me mantive imóvel enquanto eles passavam por mim, provavelmente abraçados, e deu para ouvir alguma coisa da conversa que travavam, o que não fez diferença alguma, porque não entendi uma palavra. O idioma que falavam não era japonês, disso eu tinha certeza, e tampouco parecia mandarim. O que me surpreendeu, contudo, foi o timbre da voz dele. Quase tão agudo quanto o dela, anasalado, esquisito, de ritmo acelerado e enérgico (isso talvez por causa da bebida). Mas não era feio ou irritante. Havia algo de hipnotizante naquela voz incomum que me fazia querer ouvi-la.

Passei o resto da noite chafurdando na minha banalidade.

Cada gole de bebida correspondia a menos um minuto no relógio que indicaria o horário da minha próxima aula, na manhã seguinte. Ou assim me parecia.

Pensei em ligar para um/a amigo/a ou dar uma olhadinha em algum aplicativo de pegação, mas não estava no clima para qualquer interação que não fosse com a minha cerveja. Além do mais, impregnar outras pessoas com minha aura derrotista era algo que eu abominava. O melhor a fazer seria pedir outra garrafa e consumi-la lentamente (sou um pouco fraco pra bebida) até que estivesse embriagado o suficiente para driblar a ansiedade e cair direto na cama.

Na minha quarta visita ao banheiro naquela noite, foi quando do aconteceu.

Era um desses toaletes individuais de bar metido a alternativo, meio escuro meio imundo. A porta pintada com tinta esmalte laranja e com uma foto mal colada do James Dean estava entreaberta. Normalmente, eu a teria empurrado e entrado sem pensar. Mas a luz estava acesa e dava para notar alguma movimentação do lado de dentro, por isso, mesmo com álcool no sangue, consegui frear meu impulso. "Mas que porra...", pensei, quando meus olhos captaram o relance de quem se mexia no interior do banheiro. Era um relance cor-de-rosa berrante.

A moça asiática passava batom em frente ao espelho, uma das mãos apoiada na pia. Num reflexo, chequei mais uma vez o James Dean colado na porta. Voltei os olhos novamente para a garota. Através da fresta, dava para enxergar apenas metade do seu corpo de costas e um tantinho de sua imagem no espelho. O batom que ela deslizava pelos lábios conseguia ser mais rosa que sua roupa. Foi o tempo de uma piscada minha e a barra de seu vestido já estava levantada, sua bunda pálida e carnuda exposta. Uma mão entrou em cena, os dedos esticados não tardaram a se embrenhar entre as nádegas da garota. Ela esboçou um muxoxo de reclamação, mas logo abriu um sorriso e deixou o batom cair dentro da pia num "plec". Suas duas mãos estavam agora apoiadas sobre a porcelana. Ele se agachou atrás dela, os cabelos platinados gritando na luz fluorescente, uma mão em cada lado das ancas da garota, os polegares repuxando as carnes a fim de tornar a fenda no meio mais disponível para, supus, a língua dele (nessa hora, empurrei um pouco mais a porta, com cuidado). A pressão provocada pela minha bexiga se dissipou e senti uma outra área no meu quadril enrijecer. O sangue fluía mais quente pelas minhas veias, querendo explodir em todas as extremidades do meu corpo, especialmente quando notei que ele se erguia e se posicionava atrás dela, as calças já abaixadas. A moça soltou a borda da pia e agarrou as duas mãos dele, apertando-as contra seus seios. Agora era a bunda dele que eu via, perfeitamente lisa e redonda, e boa parte de suas coxas para fora da calça arriada. Me surpreendi com o quanto aquelas pernas eram trabalhadas e fortes, para um cara que parecia franzino, apesar dos ombros firmes feito um cabide.

Estava tão fascinado com a performance da pélvis do rapaz

O reflexo do *dokkaebi*

que deixei escapar um detalhe crucial. Durante sei lá quanto tempo, ele estivera me observando através do espelho.

Quando reparei seus olhos esfumaçados fixos em mim, senti meu corpo petrificar. As sobrancelhas dele, muito bem esculpidas e cujas pontas externas ascendiam de um jeito demoníaco, exerciam controle sobre mim como se eu fosse um boneco de ventríloquo. Meu coração escapuliu do meu peito, quicou no chão do bar e rolou pelo piso imundo do banheiro, até atingir um certo solado de borracha.

Eu estava bêbado, de pau duro e em pânico.

Bati a porta laranja e, por mais que as sobrancelhas horizontais do James Dean me acalmassem um pouco, não me impediram de sair correndo dali.

Quando cheguei ao meu apartamento, ele estava na porta.

Estendeu a mão para mim e se apresentou.

A situação era tão irreal que sequer consegui me surpreender. Certeza que eu tinha bebido demais e, possivelmente, minha cerveja fora batizada, pois eu estava tendo alucinações.

Sua pele reluzia dourada sob a iluminação pobre do corredor do prédio. Seus cabelos, amarelos. As proporções de seu corpo, bem como a silhueta construída pelo caimento das roupas, faziam com que ele parecesse saído de um desenho animado. Asiáticos de cabelo loiro ou branco sempre me fascinaram. Os tingidos, os idosos, os albinos – não importa. A mistura da pele amarelada e dos olhos rasgados com o cabelo claro imprime em mim uma sensação sobrenatural. É como se esses indivíduos fossem exemplares de um mundo mágico que corre paralelo ao nosso mundo pragmático e sem graça.

– Ji Yong – repeti o que acabara de ouvir, sem saber que falava em voz alta, embora me esforçasse para acertar a pronúncia.

Ele me chamou pelo nome, mesmo sem eu tê-lo dito, mas isso não me importou. Ainda duvidava que aquele encontro acontecia de verdade.

– Quer dizer que você gosta de espiar os outros – seu Português não tinha vestígio de sotaque. – Eu também adoro.

Ji Yong gargalhou. Seus dentes eram tão regulares e brancos que não podiam ser naturais.

– Mas sabe qual é a ironia? – continuou ele. – Não gosto de ser espiado.

Eu estava mudo. E, possivelmente, ainda ereto.

O decote arredondado da camisa dele era amplo, exibindo descaradamente suas clavículas ossudas e uma beirada de seu peito liso. Os traços do seu rosto, de tão suaves e bem acabados, podiam pertencer a uma mulher, e das mais bonitas. Mas seu pomo-de-adão gritava no pescoço esguio. Mesmo que seu porte de moleque enganasse, assim como a total falta de pelos faciais, ele era um homem feito. Na minha cabeça, só havia um motivo pelo qual Ji Yong teria me seguido até meu apartamento e esperado por mim na porta (ignorei o fato de ele ter chegado antes e tido sucesso em passar pela portaria mesmo sem a chave do portão). Sexo.

— Nós podemos entrar, beber alguma coisa e resolver qualquer mal-entendido de um jeito amigável — abri um sorriso entorpecido.

— Não quero subestimar seus conhecimentos, professor, longe de mim... Mas tenho certeza que você nunca ouviu falar num *dokkaebi*.

Lógico que ele sabia que eu era professor. Lógico que eu não sabia o que era um *dokkaebi*.

Eu podia ter perguntado.

Eu podia ter sacado o celular na hora e procurado no Google.

Se tivesse feito uma dessas coisas, talvez houvesse uma chance de escapar.

Mas minha vontade de arrancar aquele blusão de leopardo atingia níveis assustadores. Enfiei a mão no bolso em busca das minhas chaves, porém Ji Yong agarrou meu pulso com a mesma mão habilidosa que passeara entre as nádegas da moça de vestido rosa. Senti o ar atravessando meu corpo e, em seguida, o chão se chocando contra minhas costas. Por menos de um segundo, foi como se milhares de microagulhas se cravassem em toda a extensão traseira do meu torso.

— O certo seria com as duas mãos — disse ele, a voz esquisita cheia de lamentação.

É necessário informar que minha altura excedia a de Ji Yong em pelo menos dez centímetros. Além disso, por mais que eu estivesse longe de ser um desses saradões, meu biotipo era bem mais maciço que o dele (eu praticava natação duas vezes por semana, desde o início da adolescência). A julgar pelas aparências, ele não teria a mínima chance numa luta contra mim. E lá estava eu, estatelado no chão, com as costas dormentes. Isso porque ele havia usado apenas um braço.

O reflexo do *dokkaebi*

Senti seus dois pés sobre meu estômago. Entretanto, seu corpo não pesava nada. Ele sorria e arqueava uma das sobrancelhas demoníacas, como quem pergunta "você não vai reagir?". Não, não vou. Você pode me apagar aqui mesmo se quiser. Talvez assim eu consiga um bom atestado médico e não precise dar as caras no colégio por um longo tempo.

Ji Yong saltou no próprio eixo, sobre minha barriga. Mas, quando pensei que seus solados de borracha fossem esmagar meus órgãos internos, suas pernas se abriram e seu quadril pousou graciosamente sobre o meu. A relação entre a força e a leveza dos seus movimentos não fazia o menor sentido.

– Você me enganou, cara – divertiu-se ele. – Parece bom de briga, mas não passa de um boneco de trapo molengo.

Ji Yong pressionou o indicador contra minha testa. Meu crânio estava prestes a ser estilhaçado. A dor na cabeça emitiu um sinal interno confuso, o qual foi apenas compreendido pela minha ereção, alerta. Ele arregalou os olhos, exagerando surpresa, e exibiu a fileira de dentes tão brancos e brilhantes quanto seus cabelos.

– Coitado, que sofrimento – lamentou, depois de uma bela latejada do meu pau sob seu quadril. – Eu aqui te maltratando enquanto você tem que suportar um tormento maior, professor.

– Acaba logo com isso – meus olhos se fecharam, exaustos, e as palavras escapuliram novamente sem o meu consentimento.

Eu só queria que ele me batesse até me deixar inconsciente.

Mas o que senti foi um calor úmido se fechando em torno do meu membro duro, que eu nem tinha notado estar para fora da calça. Os lábios de Ji Yong me sugavam, prestativos, seus dentes perfeitos raspando perigosamente a pele fina e delicada. Então, sua boca liberava meu pau por uns instantes, apenas para que a ponta de sua língua desenhasse uma cuidadosa linha reta desde a base até a glande. Sua mão, dotada de técnica exemplar, não tardou a trabalhar em meu "auxílio". O som que produzia em seu vaivém violento triplicava meu prazer. Alguma coisa dentro de mim me dizia para fazer silêncio, mas meus gemidos ignoravam tal pedido. Agarrei o ombro dele e puxei sua camisa, sem medo de arruinar aquele decote adorável.

– Hmm... Taí sua força, professor! Sabia que tava escondendo o jogo.

Quando sua boca não estava ocupada, ele gargalhava.

– Isso. Muito bem – suas palavras de incentivo eram quase didáticas, o que me enlouquecia.

Enquanto meu gozo atingia seus lábios entreabertos, uma palavra pulsava dentro de mim, ecoando na minha cabeça que acabara de se esvaziar.

Dokkaebi.

...

Ao entrarmos no meu apartamento, Ji Yong aparentava ter abandonado toda a agressividade de minutos antes. Sua expressão estava menos jocosa e sua voz, mais grave. Quanto a mim, recuperava aos poucos a noção da realidade, sentindo-me mais sóbrio, o que apenas piorava a percepção da dor nas minhas costas, barriga e cabeça. Ji Yong caminhava pelo meu conjugado, o qual não demandaria mais que meia dúzia de passos para ser percorrido por completo, observando meus pertences com um interesse meio desinteressado que lhe caía muito bem e elevava seu charme. Servi-lhe uma taça de vinho, da única garrafa de bebida alcóolica que tinha em casa, a qual ele virou de uma só vez garganta abaixo, logo a estendendo para que eu enchesse novamente. Não havia sinal de embriaguez em seu rosto, mesmo tendo ele acabado com a garrafa inteira em poucos minutos.

– Me conta, professor. Qual é sua tragédia? – ele se sentara na minha cama, as pernas esticadas e cruzadas, os pés descalços, o braço esticado sobre a extensão da cabeceira de metal.

– Se você sabe que sou professor, então já deve conhecer minha tragédia.

Rimos.

– Não tô brincando – insistiu ele. – Deu pra perceber o seu sério intuito de se manter inconsciente essa noite.

– E você, com boa vontade, se propôs a me ajudar.

– Conte sempre comigo para derrubar um homem – e deu uma piscadinha sorridente.

Eu estava de pé próximo à única janela do apartamento, na parede perpendicular à da cama. Por mais que ele me atraísse como ninguém, em volta de seu corpo gravitava uma aura que me repelia, quase a ponto de dar medo.

– Você existe?

– Não sei – disse ele, grave. – O que você acha?

O reflexo do *dokkaebi*

Algo na sua voz me imbuiu de coragem, fazendo com que eu me aproximasse e me sentasse a seu lado na cama. Era estranho como suas palavras e seus gestos exerciam tanto e tão diversificado controle sobre minhas emoções e atitudes, como se ele soubesse exatamente quais botões pressionar e quais chaves girar para operar meu mecanismo.

– Acho que não. Essa é a resposta certa?

– Não trabalho com respostas, só com *perguntas* certas.

Eu o beijei. Seus lábios arroxeados de vinho tinham um gosto familiar demais para não serem reais. Contudo, mesmo que uma de suas mãos estivesse ocupada na minha coxa e a outra tocasse meu pescoço, os botões da minha camisa habilmente se soltavam das casas dotados de vida própria. Sobressaltei-me ao perceber isso, mas não fui capaz de me afastar dele. Não queria. Cada área da minha pele coberta por suas mãos elevava sua temperatura, seu toque agia como um condutor do sangue fervente dentro das minhas veias.

– O que é um *dokkaebi*? – soprei as palavras sobre seus lábios.

– Nada mais importante que essa taça na minha mão. Ou que aquela cadeira ali. Ou que a vassoura atrás da porta da cozinha. Ou ainda que os lençóis naquela gaveta.

E, a um movimento de seus olhos, a gaveta da cômoda na qual eu guardava a roupa de cama se abriu. Meus lençóis saíram voando pelo quarto, um a um, para depois se enrolarem e se torcerem, formando uma espécie de corda muito comprida e estreita. Minhas roupas deslizavam pelos meus membros em harmonia com a dança dos panos flutuantes sobre a cama, porém Ji Yong usava as próprias mãos para me despir. A um gesto quase imperceptível de seu indicador, a corda feita de lençóis arremeteu sobre meu corpo. Enrolou-se primeiro em meu pescoço, ajustando-se ao redor dele, e, quando pensei que fosse me enforcar, desceu para o meu tronco e se trançou em volta dele num padrão complexo de nós. Ao atingir minha cintura, o tecido vivo manuseou meu corpo com violência, guinando-o com o objetivo (bem-sucedido) de me deitar de bruços sobre a cama. A corda finalizou seu trabalho em torno das minhas virilhas, separando minhas nádegas das coxas, penetrando fundo na minha carne, quase a ponto de dilacerá-la. As amarrações me mantinham imóvel, aberto, violável. Senti o hálito dele sobre minha nuca. Sua língua roçava o lóbulo da

O reflexo do *dokkaebi*

minha orelha, enquanto seus dedos exploravam a cavidade semiexposta pelas cordas. Senti seu corpo toco sobre o meu – ele ainda estava vestido – e o volume dentro de sua calça justa sendo liberado por um zíper que descia. Ji Yong gemia no meu ouvido, enquanto seu pau se esfregava entre as minhas nádegas, porém sem chegar a me penetrar. Aquele era um jeito bem incomum (e excitante) de me lubrificar. Eu apertava os quadris o máximo que as amarrações me permitiam, o que era quase nada, minha ereção sufocada contra o colchão. Queria ver o rosto dele, minha vontade era tocar seus maxilares esculpidos, experimentar a trama surreal da sua pele mais que macia, marcar a palma da minha mão com a textura áspera da sua nuca raspada. Contudo, mesmo livres das cordas, meus braços estavam imóveis, abertos sobre a cama.

Qualquer dignidade que pudesse me pertencer era levada embora por Ji Yong.

Os sons que ele produzia, ali colado ao meu ouvido, amalgamavam-se em gemidos, risadas e palavras suas. Ele entrou em mim de uma vez, seu pau muito lubrificado me separando com facilidade, o que não diminuiu em nada minha dor. A sensação de ser preenchido daquela maneira e não ser capaz de mover um músculo era agonizante. Ele sufocava meus gritos, afundando minha cabeça contra o travesseiro; no momento em que uma lágrima despontou no canto do meu olho, Ji Yong aumentou a velocidade e mordeu minha orelha com força. Mesmo com minha vontade subjugada, meu peito estava a ponto de explodir de felicidade. Pela primeira vez em anos, eu sentia *algo que não era banal*. Algo extraordinário.

– Talvez não seja tão ruim assim – disse eu, assim que ele ejaculou dentro de mim, a voz abafada contra o travesseiro.

– O quê?

– Ter que acordar amanhã pra trabalhar.

O ar de sua gargalhada me arrepiou os pelos da nuca. Beijos ligeiros cobriram meu pescoço. Sua língua, piedosa, lambeu o local da minha orelha anteriormente marcado por seus dentes. Os nós que apertavam meus músculos se afrouxaram, desfazendo-se. Em seguida, os lençóis, todos soltos, libertaram meu corpo e saíram flutuando sobre nossas cabeças, para então se amontoarem no chão a um canto do quarto.

– Merda – praguejou. – Por que você tem que dizer essas coisas?

Ele me olhou como quem não estava acostumado a ser bonzinho e me odiava por isso. Pus-me sentado e puxei-o para mim. Ji Yong não protestou quando tirei sua blusa e cobri seu peito de beijos. Colei meus lábios aos seus de um jeito que ele não esperava, com carinho, devagar, mostrando-o que eu também tinha meu jeito próprio de fazer as coisas.

Seus olhos seguros, maduros e um tanto maldosos se fecharam, transformando-o, pela primeira vez desde que o encontrara, num ser tão vulnerável quanto eu.

– Você me assusta, professor.

• • •

Dokkaebi:

O dokkaebi *(coreano: 도깨비) é um tipo de espírito presente no folclore coreano. Tais seres adoram travessuras. Têm por hábito pregar peças em pessoas más e recompensar pessoas boas. Diferentemente dos* gwisin *(coreano: 귀신; fantasma), não são espíritos de seres humanos mortos, mas criados a partir da transformação de um objeto inanimado. Gostam de desafiar viajantes e bêbados a uma partida de* ssireum *(luta coreana). [...]*

Encarava a página da Wikipédia na tela do meu celular, enquanto me perguntava se seria eu uma pessoa má ou boa.

Cheguei a procurar narrativas de lendas que envolvessem um *dokkaebi*, mas encontrei poucas, a maioria em inglês. Havia uma história, porém, que se repetia em quase todas as páginas que abordavam o ser folclórico. Era sobre um homem que vivia sozinho em uma montanha e um dia recebeu a visita de um *dokkaebi*. O dono da casa, surpreso, ofereceu-lhe bebida alcoólica e eles se tornaram amigos. As visitas do *dokkaebi* se tornaram frequentes e os dois passavam um bom tempo juntos, tecendo longas conversas. Porém, um dia, enquanto o homem caminhava pela floresta, viu seu reflexo no rio e descobriu que seu rosto se assemelhava ao da criatura. Ele compreendeu que estava começando a *se tornar* o *dokkaebi*, o que o aterrorizou. Então, traçou um plano para impedir que isso acontecesse. Convidou o *dokkaebi* para sua casa e perguntou: "Qual é o seu maior medo?". Ao que ele respondeu: "Tenho medo de sangue. E você?". Fingindo estar em pânico,

O reflexo do *dokkaebi*

o homem revelou: "Tenho medo de dinheiro. É por isso que moro sozinho nas montanhas". No dia seguinte, o homem matou uma vaca e espalhou seu sangue ao redor da casa. O *dokkaebi*, chocado e furioso, fugiu dizendo "Voltarei com seu maior medo!". Mais tarde, a criatura retornou com sacos de dinheiro e jogou-os sobre o homem. Depois disso, o *dokkaebi* nunca mais apareceu e o homem se tornou a pessoa mais rica da cidade.

Ao meu lado, Ji Yong dormia um sono imperturbável.

Que tipo de objeto inanimado ele teria sido? Será que um dia voltaria a sê-lo?

Toquei suas costas nuas. Sua pele era quente, viva, indubitavelmente orgânica.

– Qual é o seu maior medo? – sussurrei.

A resposta veio no dia seguinte, quando acordei para trabalhar e ele não estava mais. Havia um bilhete colado no espelho do banheiro, uma palavra curta escrita em letra de forma:

VOCÊ

Arranquei o papel, grudado bem no centro do retângulo liso, para conseguir enxergar meu rosto por inteiro. Meus traços continuavam iguais em seus ângulos bruscos, olhos cansados e barba por fazer. Meu cabelo, escuro e cheio, andava tão comprido que quase cobria as orelhas. Passei os dedos por entre os fios, jogando-os para trás, de forma a afastá-los dos olhos. Tal movimento evidenciou minhas raízes, completamente brancas naquela manhã. Eu não tinha nem trinta anos, nem predisposição genética para ficar grisalho antes do tempo. Meus cabelos, de um castanho-escuro quase preto, jamais tinham apresentado um fio branco sequer até aquele dia.

À noite, Ji Yong me recebeu à entrada do meu apartamento.

Entretanto, não me deu uma voadora ou tentou começar uma briga. Aguardou que eu destrancasse a porta – como se precisasse disso para entrar – e o conduzisse à minha cama.

Com seu corpo sob o meu, era ainda mais fácil adorar aquele rosto mágico, desejar que sua existência me consumisse por completo. À luz fraca de uma luminária velha, Ji Yong ouvia as confissões dos meus problemas rotineiros, logo após fazermos amor. Dava-me os conselhos que achava mais acertados, porém jamais falava sobre si. Eu não sabia se sua reserva se devia à necessidade de sustentar uma aura de mistério ou, então, se não havia realmente nada a dizer.

— Sei que é difícil conseguir uma vaca, mas você pode matar uma galinha, ou alguns ratos, sei lá, e espalhar o sangue na porta — riu ele, enquanto preparava um risoto de cogumelos para o jantar vestindo apenas uma camiseta minha, que batia quase no meio de suas coxas.

— Claro que posso — não me dei ao trabalho de erguer os olhos de uma prova que corrigia para destilar minha ironia.

Quando vi, as folhas que eu segurava, assim como a caneta vermelha, tinham ido pelos ares. O nariz de Ji Yong estava quase colado no meu e seus olhos me perscrutavam de um jeito assustador. Suas duas mãos seguravam meus joelhos, mas eu não sentia peso algum.

— Vou embora de qualquer maneira — disse ele.

— O que vai acontecer com você?

— Não sei.

— Como *não sabe*? — eu estava irritado.

— O que vai acontecer com você?

Emudeci. *Não trabalho com respostas, só com perguntas certas.*

Na manhã seguinte, os cantos externos dos meus olhos amendoados tinham perdido sua característica principal, estavam caídos num típico traçado asiático. Minha pálpebra móvel não era visível. A pele do meu rosto estava mais acetinada, com reflexos amarelados, sem vestígios de marcas de expressão ou barba.

Os dias no colégio transcorriam desagradáveis como era de se esperar. Contudo, era como se meu interior estivesse revestido por uma grossa camada de verniz que o tornava impenetrável. Nada me atingia. Aquela realidade não passava de um filme numa tela, ao qual eu assistia e pelo qual conseguia até sentir certa empatia, mas que não chegava a me modificar de verdade.

Para mim, o que correspondia à *verdadeira realidade* eram os momentos que passávamos juntos dentro do meu apartamento.

Todas as noites, ele vinha me ver.

Todas as manhãs, meu rosto perdia uma parte de mim e ganhava uma dele.

O Sentimento
Karen Alvares

O menino sentou-se à minha frente, sem me encarar, claramente desconfortável. Seus olhos eram inquietos, passeavam pelo cômodo incessantemente, como se houvessem sido tomados por uma forte descarga elétrica. No entanto, esses mesmos olhos pareciam exauridos de toda vida. Completamente mortos.

Era um garoto truculento, grande para sua idade, e tinha uns bons cinco centímetros a mais que eu – não que isso significasse grande coisa, sempre fui uma mulher de baixa estatura. Era um daqueles garotos do tipo que espicham rápido demais, mas, ao contrário da maioria, esse me parecia que tinha provado o amargor da vida com a mesma velocidade.

Seu nome era Rafael. Tinha dezessete anos, idade suficiente para ir à escola sozinho, estudar para o vestibular, votar, escolher uma carreira... e tomar decisões erradas.

Decisões das quais se arrependeria para sempre.

Mas Rafael tinha aparência de menino, apesar de todo aquele tamanho. Os olhos, cheios de medo e insegurança, o denunciavam.

Também na sua ficha constavam as preocupações que os pais descreveram na primeira consulta, sem a presença dele, claro: insônia, falta de apetite, cansaço, notas baixas, isolamento. Os pais também disseram que eram comportamentos incomuns e, com orgulho, falaram pelo que pareceram horas sobre as qualidades do filho, de como era popular e tinha muitos, muitos amigos. As notas nunca tinham sido especialmente altas, era verdade, mas ele tinha um carisma natural com os professores e os colegas, dissera a mãe. Já o pai, um homem barbudo e truculento como o filho, afirmou, estufando o peito, que as meninas corriam feito loucas atrás do garoto, como abelhas em busca do mel, e que ele tinha todas as namoradas que desejasse.

Aquilo me incomodou mais do que o normal, tanto que até anotei no meu caderno a fala exata do pai: "como abelhas em busca do mel". Não sei por que fiz isso, exatamente. Talvez fosse o fato de que o pai tinha dito aquilo com desprezo e uma superioridade masculina desconcertante.

Esse tipo de coisa sempre é perigosa na criação dos filhos. Especialmente na cabeça influenciável de um garoto de dezessete anos.

Rafael agora me espiava, dividido entre o medo, a insegurança e a curiosidade. Mas eu conseguia enxergar algo naqueles olhos também, algo mais profundo e sombrio.

— Eu sou Clarice, Rafael — eu me apresentei, deixando de lado o enfadonho título de doutora. Afinal, para alguém daquela idade, ele nada significava. E há também o detalhe de que os jovens (e qualquer pessoa, na verdade) ficam bem mais receptivos ao descobrir que podem tratar uma pessoa mais velha sem formalidades inúteis. — Fico feliz que tenha aceitado conversar comigo. Como vai?

Ele soltou um resmungo seguido de um bufo de desprezo e logo desviou o olhar. Esperei, mesmo sabendo que não diria nada de imediato. Esperei mais um pouco, sorrindo amigavelmente, o silêncio tão fino e sólido que poderia ser cortado com uma tesoura, feito uma folha de papel. Ele se remexeu na poltrona, sem graça, e finalmente confessou:

— Fui obrigado a vir. Meus pais.

Aumentei o sorriso, compreensiva.

— Não precisa ficar sem graça, Rafael. Quase todos os jovens que sentam nessa cadeira me dizem a mesmíssima coisa. Ou pensam, o que dá no mesmo. Eu também ficaria de saco cheio de ter que conversar com uma psicóloga.

Isso fez com que seus olhos se voltassem para mim, no mínimo, intrigados. Já era alguma coisa. Aproveitei a pequena abertura e disparei:

— Mas tem uma vantagem, vou te contar qual é Tudo o que

a gente conversa fica aqui, nessa sala. Não posso contar nada para os seus pais. É uma regra da minha profissão. Já ouviu falar de ética?

O garoto deu de ombros.

— Meus pais dizem que é uma coisa que falta no governo.

Deixei um risinho escapar. Claro, nisso eu não poderia discordar dos pais do menino.

— Pois é. Isso quer dizer que eu sigo um código e não posso quebrá-lo. Sou proibida de revelar seus segredos, Rafael. Se o fizer, perco meu título e vou para a rua da amargura, por assim dizer.

Será que enxerguei um lampejo de alívio em seus olhos? Aquele mesmo que via em todos os adolescentes que tratava? Não, era algo mais. Maior que isso. Eu via alívio, puro e simples, nos olhos das meninas que confessavam ter feito sexo pela primeira vez ao saberem que eu não poderia passar essa informação aos seus pais tradicionais. Era também alívio descomplicado que via nos garotos que afirmavam ter experimentado maconha, só umazinha, insistiam. Mas aquilo nos olhos de Rafael era maior que isso. Era mais como um peso monstruoso instalado em suas costas, algo terrível e imenso, o que me fez imaginar qual seria o segredo sombrio que seu coração ocultava.

Ele não falou nada, é claro. Não falaria tão cedo. Várias e várias seções se passariam até começar a dizer qualquer coisa.

Mas o que eu não esperava é que fossem tantas. Rafael seria o paciente mais difícil de toda a minha vida. Mas também aquele que eu jamais esqueceria.

Seu segredo me assombraria para sempre.

● ● ●

Nós éramos amigos desde a segunda série.

Crescemos juntos.

Éramos tão apegados que diziam que podíamos ser irmãos.

Eu nunca quis ser irmão de Rafael. Sempre quis algo MAIS. Sentia, no fundo do peito, uma NECESSIDADE, urgente e profunda, que me arrancava o sono e me fazia imaginar, desde pequeno, quando o encontraria novamente.

Demorei muito tempo para identificar esse Sentimento.

O Sentimento.

O Sentimento

Neguei-o por muito tempo. Tempo demais.

Eu queria que o dia amanhecesse depressa, só para que pudesse levantar e tomar café da manhã bem rápido. Minha mãe ficava doida comigo, dizia que eu era ansioso demais para estudar, que nenhum garoto era assim. Tudo bem, eu realmente gostava de estudar e tirava boas notas, mas não era por isso que queria chegar logo à escola.

O que eu queria mesmo era encontrar Rafael.

Ficava ansioso para chegar finalmente à sala de aula, onde sentaria na carteira ao lado dele e trocaríamos bilhetes com piadinhas sobre a Professora Mais Chata do Universo e as Meninas Mais Barulhentas da Galáxia. Contava os minutos para o intervalo, quando finalmente tomaríamos lanche juntos, jogaríamos futebol e depois tiraríamos sarro das garotas.

Era bom fazer tudo isso.

Mas então a gente cresceu. Não sei como isso aconteceu, parece que foi do nada, um dia éramos meninos que voltavam para casa juntos, só para almoçar e logo correr de novo para a rua, jogar pelada com os outros garotos do bairro e se sujar na água barrenta nos dias de temporal. Era a época quando ainda brincávamos de lutinha no corredor do prédio enquanto nossas mães conversavam alguma baboseira de adultos e de Banco Imobiliário quando chovia e precisávamos ficar dentro de casa. Às vezes, eu ia na casa do Rafael, ele tinha um videogame maneiro. Eu sempre o vencia no Fifa, mas ele me batia todas as vezes no Street Fighter.

Um dia, os pais dele resolveram se mudar para um apartamento grande e chique na ZONA SUL. A gente ainda estudava na mesma escola, mas não brincávamos mais na rua. De repente, ficamos grandes demais para brincar. De repente vieram as provas mais difíceis, as aulas de física, a preparação para o vestibular.

E as garotas.

Rafael não cansava de olhar para elas. Comentava sobre os peitos enormes de uma, a bunda redondinha da outra, o cabelo macio daquela. E eu ficava pensando "como ele sabe dessas coisas? Será que ele tocou o cabelo da Juliana? E da Carol, como ele sabe o que tem debaixo do uniforme dela?". Eu me fazia essas perguntas porque não queria acreditar, não queria ACEITAR o que Rafael andava fazendo. Para ele não achar estranho, eu inventava histórias, tudo MENTIRA, de garotas que andara beijando. Ele às vezes ria. Duvidava. Mas eu falava mesmo assim. Até imaginava, com clareza, as histórias, para que elas ficassem mais reais, e então ele acreditasse e não risse mais de mim.

Até que comecei a perceber que, em todas elas, quem eu beijava, na verdade, era Rafael.

Em todos os meus sonhos, era o rosto dele que estava lá.

Foi quando descobri o que era o Sentimento.

E não quis acreditar.

Eu chorei e me escondi, não, não, aquilo não podia ser VERDADE. Era maluquice da minha cabeça. Eu me escondia debaixo da coberta e chorava, o peito apertado, tentando entender o que tudo aquilo significava. Não tinha um pai para perguntar, afinal, o meu estava morto havia muito tempo. Nunca que ia falar essas coisas para minha mãe, nem pra minha irmã. Um amigo? Eu só tinha o Rafael. Não podia falar isso pra ele. O que ele ia achar de mim? E se fosse embora e nunca mais falasse comigo? Eu não ia aguentar, não ia.

E o que a gente faz quando tá sozinho?

Procura na internet.

Mas logo percebi que a internet também não era um território seguro.

Comecei pelo Google, claro. Usei a temida palavra, que parecia enorme então, aquela com H. Visitei sites e mais sites, fóruns, alguns eram muito explicativos, outros compreensivos, mas é claro que a maioria eram poços repletos de ÓDIO. Puro. Escuro. Venenoso. Mortal. Eu não queria que as pessoas pensassem aquelas coisas de mim. Não queria que me odiassem.

Não queria morrer.

Decidi que precisava MATAR o Sentimento. Talvez, se eu insistisse em ficar com as meninas... Elas eram bonitas, afinal, e muito mais propensas a ser gentis do que os garotos.

Não deu certo.

Faltava algo dentro de mim. Um pedaço. Algo aqui dentro estava partido e só havia uma cola que poderia remendar TUDO.

Rafael.

Mas à medida que eu ficava mais e mais TRISTE ☹, ele ficava mais e mais afastado. Fez outros amigos, garotos grandes como ele, gigantes, que mexiam com as garotas e tiravam sarro

O Sentimento

de todo mundo. Inclusive de mim. Eu era pequeno, magro demais, baixinho, tinha o cabelo encaracolado e meio grande ("não era corte de HOMEM", o pai do Rafael dizia, e então dizia também que eu era uma "PÉSSIMA INFLUÊNCIA"). Os garotos enormes diziam que eu PARECIA UMA MENINA e, finalmente, que eu era UMA BICHA.

Mas Rafael não dizia isso. Ele ainda conversava comigo, sabe, no *WhatsApp*. MUITO. Apesar de, aos poucos, ter parado até mesmo de OLHAR para mim na classe, ele ainda conversava comigo quando ninguém estava olhando. Quando a gente estava no *Whats*, era como se ainda fôssemos os dois garotos vizinhos de porta, lá da rua; a conversa fluía fácil, as risadas eram naturais (KKKKKKKKKKKK) e eu quase pensava, às vezes, que ele também alimentava o mesmo Sentimento por mim.

Era quando eu ficava FELIZ. ☺

. . .

Meus dedos esmagavam a bolsa. Enterrei as unhas com tanta firmeza nela que ficaram marcadas, e o tecido barato começou a descascar. Eu gostava daquela bolsa. Era velhinha, mas nunca me desfiz dela. Pertencia à minha mãe. E agora estava arruinada.

Percebi que não me importava.

Meu peito estava apertado, pequenininho, desde aquele dia.

Mãe sempre sabe, minha mãe dizia. Elas sentem. Sentem tudo, tudo mesmo.

Mãe sempre sabe...

...quando algo está terrivelmente errado com seu filho.

E eu não conseguia deixar de sentir que algo estava indo muito mal na vida do Bruno, havia um bom tempo, mas tive certeza quando ele apareceu com aquele olho roxo.

Aquilo não era normal.

– Meu Deus, filho! O que aconteceu? – Meus dedos, trêmulos, tentaram tocá-lo, mas ele logo desviou o rosto, resmungando.

– Não é nada, mãe! – foi logo dizendo, como se aquelas palavras resolvessem alguma coisa. – Não enche!

– Que é isso, filho, como não é nada? Você tá machucado! Quem fez isso em você?

– NINGUÉM – ele disse, alto demais, e eu me retraí.

– Bruno, não eleve a voz pra mim! Sou sua mãe!

Ele fez como se fosse falar alguma outra má-criação, mas logo a engoliu. Fez uma careta, como se sentisse o gosto amargo de algo que certamente me pertencia, e tentou se afastar, batendo as pernas em direção ao quarto, mas não deixei. Segurei-o com firmeza pelo seu braço fino, tão fininho, mas acabei tentando amenizar a coisa, tocando de leve seu rosto. Ele se contorceu, como se meu toque fosse muito mais bruto do que a mão que o segurava.

— Filho, fala comigo, quem fez isso com você? — pedi, com voz doce e cheia de medo. Queria ser firme, mas não dava. Estava aflita demais.

— É coisa de garoto, mãe. Briga de garoto!

— Você anda se metendo em briga, filho?

— Isso é coisa de HOMEM! EU SOU HOMEM! — ele gritou, dessa vez pra valer, e soltou o braço, correndo para o quarto e batendo a porta.

Eu queria tanto que o Beto estivesse vivo para me ajudar com aquelas crianças... Especialmente com o Bruno. A Jéssica, um pouquinho mais velha que ele, não me dava trabalho nenhum. E por muito tempo o Bruno foi um menino exemplar, mais quieto que os outros meninos da sua idade, talvez, mas um garoto muito bom. Tirava boas notas, era educado com todo mundo. Se dava bem com a irmã. Mas, de uns tempos pra cá, ficou agressivo, amuado, se trancava no quarto e ouvia músicas esquisitas, tristes, e não fazia amizade com ninguém. Até o Rafael, amigo de infância dele, tinha sumido. Também, seus pais viraram bacanas, e eu sei muito bem por que eles não topavam mais a gente. Isso devia ter passado pro menino também. Mas eles ainda estudavam na mesma escola, apesar de morarem em bairros diferentes. Minha menina e meu menino tinham conseguido bolsas de estudo, e eu pagava o restante da mensalidade. Jéssica, graças a Deus, já estava numa faculdade pública. Aquilo me enchia de orgulho. Eu me matava de trabalhar, mas dava a melhor educação que podia para meus filhos.

Só que agora, ali, sentada naquele banquinho duro enquanto esperava a porta da diretora abrir, eu apertava mais minha bolsa e pensava se não tinha errado alguma coisa pelo caminho. Será que trabalhava demais e não estava prestando a atenção que devia para meus meninos? Será que era minha culpa?

Encarei novamente a porta fechada, cheia de esperança. Precisava resolver aquilo. Precisava de ajuda. E se não tinha

O Sentimento

mais Beto, aquela escola ia ter que me ajudar. Alguém tinha que me ajudar a ajudar meu filho.

Quando a porta da diretora finalmente se abriu e eu sentei na poltrona, com uma mesa nos separando, logo percebi que aquela conversa não ia dar em lugar algum. A mulher sorria, mas não por dentro. Não parecia se importar com o que eu dizia.

– Mas ele chegou com um olho roxo em casa!

– E eu insisto, Dona Rita: isso não aconteceu aqui dentro! Nós temos regras rígidas nessa escola, professores e inspetores atentos, e não há brigas nesse colégio. Isso aconteceu fora das nossas portas.

– E só por que aconteceu fora daqui não é do seu interesse? O Bruno é aluno de vocês! E um ótimo aluno.

Foi quando a diretora suspirou e me olhou com aquela expressão recriminadora.

– Bem, sobre isso, Dona Rita... o seu filho...

Foi quando descobri que, se eu não tomasse logo uma atitude, Bruno iria repetir o ano.

· · ·

Preciso ver vc

Hj n dá

Pra vc nunca dá

Eu vo sai com a galera, n tem como vc vir tbm

Não quero sair com esses babacas teus amigos

N fala assim B

É VERDADE!

Minha mãe tá me enchendo o saco sabia?

Por causa daquele dia

O maldito olho roxo

Mas é que você fica dando na cara B!

Porra jah falei!

N faz isso cacete

Fica dando uma de bicha

NÃO DIZ ESSA PALAVRA!

Ta. Desculpa.

N falo mais

Desculpa!!!

Tá ☺

OK

☺

Eu sei que vc não faz por mal

Eh só que... eles saum taum escrotos

Eles me tratam mal na escola, vc n fala nada

B se eu falar vai dar merda

Eles são meus amigos!

E o que todo mundo vai falar???

Meu pai, vc sabe...

Se meu pai descobrir...

Eu odeio me esconder assim

Eu quero ser eu mesmo

Não é errado!

O que eu sinto por vc...

É muito grande, Rafa ☺ ♥

Eu sei ☺

Eu tbm

Mas se liga, agora tenho que correr

NÃO!

NÃO!

PERA!

Que foooooooooooooooooi

Eh uma merda vc nunca mais quer fazer nd cmg

O Sentimento

A gente soh fala aqui no cel

Eu quero te ver porra

Quero

Te

Tocar

...

Vc não me quer mais? Eh isso? ☹ ☹ ☹

CLARO QUE EU QUERO!!!!!!! ☹

Entaum se quer msm vem me ver!

Hj

AGORA

...

...

???

Rafa??????

Tá bem B

Onde?

Vc ta chateado cmg

N to naum

Serio?

Serio ☺

Agora diz onde

No food truck do DOGUITO

De lá a gente pensa em outro lugar ☺

OK! ☺

Te amo

Tbm

• • •

O Sentimento

Eu... gostava dele.

Gostava muito.

Mesmo. Tô falando sério.

Nunca vou esquecer... aquela tarde, na casa dele. Quando... droga, droga, MERDA!

Você não vai dizer que eu sou bicha, vai?

Tá. Tá. Todo aquele papo de "ética". Tô ligado.

Tá bem, então vou contar. Então, eu fui na casa do B.

Não, eu não vou chamar ele de Bruno. Pra mim ele era o B. Sempre vai ser! Você disse que ia me escutar!

Não. Conta. Pro. Meu. Pai. OK?!

Fazia tempo que eu não ia na casa dele. Anos, acho. A mãe dele não tava, claro. Nem a irmã, tava na faculdade. Era bonitinha a irmã dele, mas sei lá, nunca me interessei. Nunca me interessei pelas meninas, na verdade... só fico com elas...

Porque...

Porque é pro meu pai não achar que eu sou... viado.

Ele ia ficar puto.

ELE NÃO PODE SABER!!!

Tá, eu já sei. Tudo bem, vou continuar.

A gente foi lá na casa do B pra ouvir música, só. Jogar um videogame. O game dele era meio velho, a mãe dele não tem muito dinheiro, sabe? Tudo ia pra escola dele. A irmã tá na USP. Então, ele tinha esse Play2, velhão. Era meu, eu dei pra ele. Claro que meu pai não ficou sabendo. Era velho, eu nem precisei explicar que fim levou ele. Meu pai tem dinheiro, senão não taria pagando a senhora. Você, desculpe, você. Tenho um Play4 agora.

Tá, então aí, a gente tava lá de boa, jogando Fifa. Ele me sempre sempre sempre me dava uma lavada. Não me importava não. Depois eu batia... ganhava dele no Street...

Merda... isso é tão difícil.

Tá bom, vou continuar.

É claro que a gente já tinha se beijado. Àquela altura, isso já era seminormal. Pombas, sempre escondido, óbvio. A primeira vez eu achei estranho, sabe. Era um homem! Mas... era o B. E o B, pô, eu sempre gostei pra cacete do B. Desde criança.

Ele me explicou. Era o Sentimento. Com S maiúsculo, ele dizia. A gente não podia fugir do Sentimento. Ele era maior que a gente...

Não! Não, não tá tudo bem chorar, não tá! Homem não chora!!!

Mas é que... eu sinto... falta dele.

Tá tão difícil.

Ele veio atrás de mim, a gente se beijou. Era muito bom... eu me sentia tão bem com ele. Tão... em paz.

Não sei como aconteceu, mas teve uma hora que a gente deitou na cama dele. Eu tava por cima, e fiquei beijando ele, e ele também, tava tudo ótimo, e aí meu meninão armou. Não era a primeira vez, mas dessa vez a gente tava sozinho, no quarto dele, e não tinha ninguém por perto, então o B colocou a mão dentro da minha bermuda e segurou...

Droga, você não vai contar isso, né? Eu não sou bicha!

Você diz essa palavra como se fosse fácil.

Homossexual.

Meu pai diz que isso é floreio pra viado.

Sim... eu sei... eu amava... amo... o B.

É o tal do Sentimento.

Eu fiquei duro, como nunca tinha ficado, acho, quando ele segurou. A gente não pode fazer isso, eu disse pra ele. Claro que pode, ele disse de volta. A gente se ama, Rafa. Eu amo você. O que tem de errado nisso?

O que tem de errado nisso...

O quê?

Eu queria saber...

Então, não sei, a gente ficou pelado. E ficamos nos olhando, ali, parecia que tinha um tambor no meu peito. Eu tava muito ansioso, mas de algum jeito, sei lá, eu também tava muito feliz.

Em paz...

Mas aí fiquei com medo. Quer dizer, como se fazia essas coisas? Eu é que não ia procurar como era. Mas o B, bem, ele sempre estudou mais que eu. Acho que ele estudou isso também, porque ele sabia o que fazer. Eu fiquei assustado no começo, mas depois a coisa foi...

Primeiro ele me chupou.

E, nossa, foi tão bom. Tão bom. Nunca vou esquecer...

Ele sorriu quando eu gozei. Um sorriso. Tão bonito. Tão verdadeiro.

Ele disse que tinha outro jeito de fazer, mas que precisava de camisinha. Eu não tinha. Ele sim.

A gente se beijou, mais mais mais, e ele puxava meu cabelo, e eu deitei ele de costas na cama. Eu já tinha transado, com uma garota. Não foi nada demais. Normal. Aquilo era diferente, muito.

Eu beijei as costas dele, todinhas. Ele gemia. Eu senti meu

O Sentimento

meninão duro de novo com aquilo. Ele, gemendo, porque eu tava mexendo nele, no meninão dele. Ele tava de joelhos, de costas pra mim, e eu mexia e mexia e ele gemia e gemia.

Porra, aquilo foi bom!

Eu o fiz feliz.

Sim, eu fiz. Naquele dia...

Depois ele me disse o que fazer. É como fazer com uma menina por trás, ele disse. Tem nada de diferente!

Tem sim. É muito bom.

Muito melhor.

Ele gemeu e eu também, e eu gozei de novo. .

E quando a gente ficou ali, deitado, suado, grudado, ele fez carinho no meu cabelo e beijou o canto da minha boca bem devagar.

E disse...

Ah, eu nunca vou esquecer os olhos dele quando me disse...

Que aquilo era o Sentimento.

* * *

— Você precisa sair do carro, Rafael!

— Não, mãe! Não! Não posso!

— Você precisa, meu amor... ele era... era seu amigo...

Meu Deus, eu nunca tinha visto o meu filho daquela maneira. Aquilo me partia o coração. Quando falei aquela palavra, "amigo", ele desabou. Chorou, chorou de soluçar, tadinho. Eu o abracei forte, procurando o que dizer, as palavras certas, mas não encontrei e depois percebi que não precisava, ele só queria chorar.

Era tudo tão triste...

Tão horrível.

Alisei as costas dele quando os soluços começaram a parar.

— Eu sei, filho. Eu sei que o Bruno era seu amigo. Vocês brincavam quando eram crianças lá em casa. Sei que ficaram meio distantes agora que cresceram, mas dói, eu sei, perder um amigo, dói, filho. Você é muito jovem pra sentir essa dor.

Ele afundou mais a cabeça na minha barriga. Meu Deus, meu coração estava aos pedaços. Dezessete anos é muito cedo para encarar a morte tão de perto.

— Mas é por isso, meu amor, que a gente precisa ir lá. A gente precisa dar um apoio para aquela pobre mãe. Coitada da Rita... É isso que a gente faz nessas horas, filho. Dá apoio. Mostra que também tá sentindo a dor. Que também amava muito o filho dela.

Karen Alvares

– O pai...

– O que tem seu pai, filho?

– Não conta pra ele, mãe – a voz dele saía abafada na minha roupa, toda molhada de lágrimas.

– Não conta o quê?

– Não... não conta que eu chorei, tá?

– Ah, filho...

– Por favor.

Beijei o topo da cabeça dele com carinho.

– Não vou contar, não, fica tranquilo. Chorar não é vergonha nenhuma, mas se você não quer, não vou contar. O seu pai é um cabeça dura, às vezes.

Ele não falou nada.

– Vamos lá, filho. Eu sei que é duro, mas faz parte da vida. Faz parte de crescer e virar um homem de verdade.

• • •

– Vai, Rafa! Vai! Prova que você é homem! Prova que não é viadinho!

Os punhos do garoto estavam fechados, rijos, mas ele tremia. Seus olhos sequer piscavam. O outro menino estava caído no chão, já com o nariz sangrando. Tinha apanhado muito dos outros garotos, mas o que mais doía era o coração. A alma. Parecia pequeno feito criança ali, deitado no asfalto, meio encolhido, mas ainda com os olhos fortes, intensos, observando o garoto à sua frente, o mesmo que não parava de tremer.

– Vai, logo, Rafa! Chuta essa bicha! Preto e bicha! Viado...

Eles gritavam atrás do garoto trêmulo. Ele não sabia mais a quem pertenciam as vozes. Estavam todas confusas dentro da sua cabeça. Só conseguia olhar para o garoto deitado no asfalto, sangrando, olhando para ele com aqueles olhos cheios de Sentimento.

– Ele é teu namoradinho, Rafa?! Tu é viado também? HÁ-HÁ-HÁ!

– Quero ver o que teu pai vai dizer disso. Ele não tolera frescura, né? Tu mesmo que falou!

– Esses viados merecem todos morrer, viu?

O garoto franzino e machucado fez que sim com a cabeça. Lágrimas rolavam por seu rosto sujo e cheio de sangue. Bruno entendia. De alguma maneira, ele entendia. E perdoava.

Mas Rafael nunca iria se perdoar pelo que fez. Nunca.

O Palácio dos Rakshasas

Vikram Raj

– Estou entediado!

Ravana, senhor supremo dos rakshasas[1], abriu suas dez bocarras, exibindo várias centenas de dentes pontiagudos. O enorme bocejo reverberou pelo palácio, afugentando os pequenos demônios escondidos nos cantos e pondo a corte e os serviçais de sobreaviso. Do conselheiro-mor ao mais humilde esvaziador de penicos, todos sabiam o que o tédio era capaz de fazer a seu amo. Mais preocupante ainda, sabiam que dificilmente ele escolhia fazê-lo sozinho. Por isso, a maioria só conseguiu respirar de novo quando o vozeirão tonitruante do rei voltou a ecoar.

– Vibhishana! – Pelo menos desta vez ele escolhia atormentar o irmão e não um pobre diabo qualquer. – Não é sua função manter-me informado do que acontece nos reinos dos homens? Deixe o que estiver fazendo e venha até mim! E vocês? – continuou, voltando-se para os jovens nagas[2], de ambos os sexos, que dançavam diante do seu trono em movimentos sinuosos. – Por que acreditam me entreter com suas momices? Sumam daqui, antes que eu esmague suas cabeças!

Amedrontados, os dançarinos se apertaram uns contra os outros para serem os primeiros a se evadir, e o mesmo fizeram

---

1 Na mitologia hindu, seres demoníacos, de aparência horripilante.

2 Seres mitológicos, geralmente tidos como malfazejos e apresentados sob a forma de serpentes.

O Palácio dos Rakshasas

os quatro asuras[3] que tocavam címbalos e tambores. Só o flautista permaneceu no salão. Em seu rosto de traços delicados, uma expressão profundamente ofendida servia para acentuar a diferença que o separava dos outros: ao contrário dos demais súditos de Ravana, Sitali não era um rakshasa e sim um gandharva, um músico de qualidades admiráveis pertencente ao reino dos devas. Sua arte merecia mais do que um palácio sombrio e a companhia de nagas e asuras. No entanto, o Senhor Brahma, a quem ele costumava servir, desejava apaziguar o rei dos rakshasas, e entre outros favores decidiu oferecer-lhe o mais habilidoso flautista de sua corte. Por quanto tempo? Uma era, um ciclo, a eternidade... Sitali não tinha como saber.

Ravana tinha acabado de notar sua presença e já ia esbravejar contra ele quando os reposteiros atrás de seu trono se abriram, dando passagem ao irmão mais novo. Um dos mais importantes conselheiros da corte, Vibhishana guardava muito poucas semelhanças com o rei, começando pelo aspecto físico – tinha apenas uma cabeça, e o rosto, embora feio, não chegava a assustar – e culminando na índole calma, até compassiva, que poucas vezes se encontrava num rakshasa[4]. Sitali tinha certeza de que ele voltaria como um deva quando chegasse a sua hora de renascer.

– Aqui estou, irmão. O que o aflige? – indagou Vibhishana. – O que posso fazer para arrancá-lo a esse descontentamento?

– Mostre-me o reino dos homens! – urraram, em resposta, as dez cabeças de Ravana. – Quero ver como se ocupam, quais são os seus desejos e quantos os pecados. Sabe que tanto uma coisa quanto a outra pode conferir mais interesse àqueles seres desprezíveis? É por isso que anseio, Vibhishana... Por alguém, além dos que me cercam, capaz de despertar e manter o meu interesse!

– E é certo que o acharemos – assegurou o irmão. – Observe, meu senhor!

Dizendo isso, ele ergueu quatro de seus braços, invocando os poderes dos rakshasas a fim de conjurar uma visão. Os dois braços restantes se mantiveram estendidos, palmas voltadas para cima, sobre as quais se condensava uma esfera feita de poderosa energia prânica.

---

3   Contraparte maléfica dos devas, espíritos benignos na mitologia hindu.

4   Embora, na mitologia hindu, o irmão de Ravana de fato apresente as qualidades de um devoto, sua aparência e posição na corte dos rakshasas, tal como aparecem neste conto, se devem apenas à imaginação do autor.

No canto da sala, onde ficara esquecido pelos dois irmãos, Sitali arregalou os olhos cheios de espanto. Sobre a esfera, como se esta fosse um espelho multicor e reluzente, pequenas figuras começavam a surgir, algumas muito nítidas, outras como vultos em meio a grandes multidões. Eram os humanos, compreendeu o músico, os humanos que Ravana encarregara o irmão de lhe mostrar, e os que surgiam com mais nitidez eram aqueles que Vibhishana apontava para o rei. Um nobre de armadura, disparando flecha após flecha de seu carro de guerra; um asceta meditando no alto de uma montanha; uma linda mulher, deitada num divã, escrevendo poemas de amor; um jovem de peito nu e pele bronzeada, com cachos negros que lhe caíam pelos ombros, franzindo o cenho ao empunhar um martelo e um formão...

– É esse! – bradou Ravana, apontando com dez indicadores providos de garras. – Há muitas eras não vejo olhos humanos brilharem como os desse rapaz! Quem é ele, Vibhishana?

– Seu nome é Chandra, senhor – disse o irmão. – Embora muito jovem, é o mestre escultor encarregado de adornar um grande templo que os reis Chandella[5] erguem em Khajuraho.

– Reis humanos! Ah, que desperdício! – riu, com desprezo, o senhor dos rakshasas. – É a mim, a partir de agora, que o escultor deve servir! Providencie, Vibhishana – acrescentou, voltando as costas ao irmão. – Mande seus servos, ou vá você mesmo, em busca desse jovem e o traga à minha presença. Ele terá a honra de esculpir a maior estátua já erguida em minha homenagem. Ou, caso se recuse, o de adornar minhas masmorras com uma escultura feita com seus ossos.

Fez uma pausa antes de concluir, para horror de Sitali e do próprio Vibhishana:

– De qualquer forma, será uma bela aquisição para o palácio.

• • •

Chandra enxugou o suor da testa e deu um passo para trás, medindo com olhos críticos o que acabara de fazer. Não, ainda não lhe agradava. Ele pegou o bloco de pedra, frustrado, e o atirou junto dos quatro ou cinco outros em que começara a

---

5 Dinastia Rajput que dominou grande parte da Índia entre os séculos IX e XII da Era Cristã.

O Palácio dos Rakshasas

entalhar os corpos entrelaçados de dois amantes. Não pretendia esculpir ali a peça inteira, os blocos eram usados para que treinasse, mas, àquela altura, já devia ter conseguido conferir às duas figuras a graça necessária. Era o mínimo que podia fazer, para honra dos deuses e em gratidão ao velho rei que se tornara seu patrono. As esculturas, porém, teimavam em parecer rígidas, os corpos duros, as posições forçadas e nem um pouco naturais. E isso apesar dos milhares de desenhos que fizera, usando como modelo os guardas mais fortes da corte, as dançarinas mais belas...

Um som estranho, como uma súbita ventania a ecoar nas montanhas, veio arrancar o artesão de seus pensamentos. Ele guardou as ferramentas em sua bolsa, pensando em fazer uma pausa, e ia abrir a porta da oficina quando, sem nenhum aviso, sentiu-se fortemente agarrado por dezenas de pequenas mãos. Assustado, ele tentou gritar, mas outra mão ainda mais forte lhe tapou a boca, ao mesmo tempo que um horrível torpor lhe invadia a cabeça e os membros.

Durante alguns momentos – os mais angustiantes de sua vida até ali – Chandra não viu nada, nem soube para onde era arrastado naquele turbilhão. Quando enfim abriu os olhos, foi para se encontrar diante de uma visão aterradora: a do salão de um palácio, tão rico quanto o de seu rei, mas decorado em tons sinistros de carmim e vermelho-sangue, apinhado de asuras e demônios de todos os tipos. E a presidir essa corte assustadora estava aquele que o escultor não tardou a reconhecer dos poemas antigos: Ravana, o raptor de Sita, o antagonista do Senhor Vishnu[6], fitando-o com seus vinte olhos terríveis.

– Bem-vindo ao meu palácio, jovem mestre – saudou, num vozeirão, o rei dos rakshasas. – Seu talento despertou meu interesse, e eu o trouxe até aqui para esculpir a mais grandiosa estátua de que já se ouviu falar. Ao completar seu trabalho, será recompensado com grandes riquezas e voltará para seu mundo como um potentado. Muito maior do que aquele a quem costumava servir.

– Ainda tenho um dever para com meu senhor, o rei Vasovarman – Chandra conseguiu responder, embora as carantonhas de Ravana o amedrontassem. – Dei minha palavra

---

6   Referência ao rapto de Sita, esposa de Rama, um dos avatares (encarnações) do deus Vishnu, segundo o poema épico "Ramayana" (aprox. séc. V – séc. I a. C.).

de que faria as esculturas no templo, e é lá, portanto, o meu lugar. De que me serviriam as riquezas se eu fosse um homem desonrado?

— Falou bem — disse Vibhishana, voltando-se para o irmão. — Talvez o rapaz possa voltar num outro momento. Quando houver concluído sua missão no reino dos homens.

— E esperar todo esse tempo para ter o que quero? Impensável! — urrou Ravana. — Ele o fará agora, ou então...

Deixando a frase inacabada, ele aproximou suas dez cabeças do rosto do artesão, que os asuras, seus captores, tinham depositado de joelhos sobre um tapete. Seus vinte olhos brilharam, os dentes reluzindo nas bocarras que pingavam saliva. Chandra já se via morto e devorado quando Vibhishana tornou a intervir.

— Conceda ao menos algum tempo ao jovem, para que pense melhor, meu senhor. Quem sabe, após uns dias como nosso hóspede, ele se convença de que servir ao magnífico Ravana lhe trará muito mais honra do que cumprir os desígnios de um rei humano. Apenas alguns dias... É tudo que lhe peço.

— Alguns dias — bufou Ravana, de mau humor, mas o tom indicava que se deixaria persuadir. — Pois bem, irmão, farei o que me pede. Concederei ao escultor três dias para que pense melhor, mas ele não os passará como hóspede, e sim no calabouço. Assim, saberá o que o espera pelo resto da vida, caso insista em pôr os interesses de um reles humano acima dos meus. Podem levá-lo!

Sem esperar segunda ordem, os asuras tornaram a agarrar o escultor, um deles tratando de lhe abafar os gritos enquanto o arrastavam para fora da sala. Vibhishana lançou ao irmão um olhar aflito, mas não ousou contrariá-lo. Nem tudo estava perdido, o rapaz estaria a salvo por três dias, e nesse meio-tempo era provável que Ravana se esquecesse dele. Agora mesmo, já gritava por seus criados, ordenando que lhe trouxessem comida e refizessem o penteado de cada uma das dez cabeças.

Em meio a tanta movimentação, nenhum dos irmãos notou a figura que se evadia por trás de um reposteiro. Em silêncio, o máximo que podia, e, ao menos uma vez, satisfeito por ser ignorado.

Uma vida preciosa dependia disso.

O Palácio dos Rakshasas

• • •

Na escuridão do calabouço, depois de gritar por socorro até ficar rouco e esmurrar as paredes, o jovem Chandra se sentou no chão e embalou a si mesmo, balançando o corpo de leve enquanto as lágrimas desciam por suas faces. Não conseguia compreender como chamara a atenção de Ravana, menos ainda o que fizera de errado para merecer acabar seus dias numa prisão do palácio rakshasa. Porque voltar atrás, faltar com a palavra dada a seu rei, usar sua arte para honrar o inimigo do Senhor Vishnu, de quem era devoto desde criança – isso sim é que estaria errado, e ele não o faria. Morreria, se preciso fosse, com o nome de Vishnu nos lábios, e talvez renascesse no Vaikuntha[7], para ser compensado pelos suplícios que o esperavam nas garras de Ravana. De qualquer jeito, esperava ter mais sorte da próxima vez.

Por pior que fosse a situação, pensar assim lhe trouxe algum conforto, e ele começou a entoar baixinho um mantra dedicado ao Senhor Vishnu. Era uma única estrofe, que Chandra repetia pela vigésima ou trigésima vez quando, inesperadamente, o som melodioso de uma flauta chegou aos seus ouvidos.

Na mesma hora, o escultor parou de cantar e concentrou sua atenção na música. Vinha de outro cômodo, isso era claro, e o jovem logo descobriu que se tornava mais forte à medida que ele andava para a direita. O melhor de tudo, porém, foi vislumbrar uma pequena nesga de claridade a se estender no chão, a partir de um certo ponto. Alcançando-o, Chandra pôde ver que encontrara a parede da cela, e que havia uma fresta entre as pedras da base, da qual provinham tanto a luz quanto os sons da flauta.

– Olá! Quem está aí? – Agachando-se, ele sussurrou através da fresta, o coração batendo forte com a expectativa. A melodia parou, e do outro lado veio um som que parecia o de um sussurro, como se o flautista hesitasse em falar com o prisioneiro.

– Diga algo, por favor – pediu Chandra. – Não há o que temer, sou apenas um pobre artesão, preso aqui por desejar manter a palavra dada. E você, quem é?

– Eu sou Sitali. – A voz era a de um rapaz, melodiosa como

---

7   A morada de Vishnu, segundo a tradição hindu.

a flauta que ele estivera tocando. – Estou na despensa do palácio, que fica ao lado da masmorra. E vim... Vim para ajudar você a sair daqui.

– Vishnu seja louvado! – Chandra sentiu um novo alento, o peito se enchendo de alegria. – Você tem a chave da cela?

– Não. Mas você, mestre escultor, tem suas ferramentas – respondeu, mais segura, a voz de Sitali. – Pode usá-las para alargar a fresta na parede. Talvez leve algum tempo, mas acabará conseguindo, e quando conseguir eu estarei aqui para ajudá-lo a deixar o palácio. Eu prometo – acrescentou, rezando para que seus poderes de gandharva fossem suficientes. Também para que Chandra não desanimasse, pois as pedras eram duras, bem mais do que as usadas nas esculturas dos templos humanos. O escultor, porém, começou a martelar com afinco já no instante seguinte, e o músico se sentiu invadir por um sentimento até então desconhecido. Sim, ele faria tudo que pudesse por aquele belo rapaz, de quem seu pensamento não conseguia se afastar, um instante que fosse, desde que o vira na esfera mística de Vibhishana. Ia esperá-lo sair do calabouço e ajudá-lo a deixar o palácio rakshasa. No entanto, ao mesmo tempo, acalentava a esperança cada vez mais forte de mantê-lo a seu lado, ainda que só por uns momentos, e desfrutar o prazer de sua companhia.

Do outro lado da parede, Chandra não tinha tempo para pensar em nada a não ser sua fuga. Precisava trabalhar rápido, e foi o que fez. A pressa, porém, não o impediu de dirigir um pensamento cheio de gratidão a Sitali, que não apenas lhe mostrara a possibilidade de fuga, mas ali permanecia sussurrando palavras de encorajamento. Parecia ser um jovem tão sensível quanto bondoso, e tão atento ao seu bem-estar que logo percebeu quando as marteladas se tornaram mais incertas.

– O que houve, escultor? Não pode fraquejar agora – disse ele.

– Eu sei. Mas preciso de uns momentos de descanso – disse Chandra. – Minhas mãos estão acostumadas ao trabalho, não estão feridas, mas a pedra é dura demais. Sinto dores.

– Meu pobre Chandra! Por que não disse antes? Um bálsamo irá ajudar. Passe suas mãos pela fresta... Sim, primeiro a esquerda, que dói mais. Como é linda, apesar de todos esses calos...!

Dizendo isso, ele pegou a mão do escultor entre as suas e a massageou com um bálsamo curativo, guardado numa das várias jarras da despensa. O alívio foi imediato, mas, enquanto murmurava agradecimentos, Chandra percebeu que a sensação do prazer não vinha apenas do unguento; que se originava também do toque de Sitali em sua pele. E, apesar da pressa, ele lamentou que tivessem de se limitar às mãos.

Após a aplicação do bálsamo, Chandra redobrou seu empenho em quebrar a parede, e logo conseguiu remover uma pedra inteira. Sempre atento, Sitali passou um púcaro com água pela abertura, mas não teve como passar um prato de comida sem derramá-lo. Em vez disso, passou o braço para oferecer figos e outras guloseimas, e dessa vez Chandra não pôde resistir ao impulso de segurar-lhe a mão, apertar a palma contra seu rosto e cobri-la de beijos.

— Meu benfeitor — disse, mas eram outras as palavras que seu coração queria gritar para o músico. — Querido Sitali, desejo mais do que nunca derrubar essa parede, mas não apenas para escapar ao meu terrível destino e sim para estar ao seu lado. Quero muito ver o seu rosto e estreitá-lo em meus braços, nem que seja uma única vez. Porém preciso saber, você também se sente assim? Ou essa é uma ilusão que estou criando para mim mesmo?

— Não, meu belo escultor. Você não se ilude — assegurou o gandharva, a voz trêmula de emoção. — Também quero tê-lo em meus braços, e, com as graças do Senhor Brahma, isso há de acontecer. Trabalhemos, cada qual do seu lado, e logo estaremos juntos!

Assim dizendo, e uma vez que não dispunha de ferramentas, ele se pôs a escavar a terra no piso da despensa com as mãos, ao passo que Chandra retomava as marteladas na parede da cela. Trabalhavam rápido, animados pelas palavras que sussurravam um para o outro, palavras que eram tanto de encorajamento quanto de elogio mútuo, provocação e antecipação do que fariam quando se reunissem. Após algum tempo de esforço conjunto, uma segunda pedra se esboroou, e Chandra pôde ver o rosto de Sitali: olhos dourados, pele macia, lábios vermelhos que se abriam num sorriso doce e irresistível.

— Você não é um homem como eu — murmurou o escultor, maravilhado. — Mas não pode ser um rakshasa.

— Sou um gandharva. Mas o que sou não importa, e sim o que sinto por você — replicou Sitali, fitando aquele rosto moreno, de traços esculpidos à perfeição e os olhos negros que o

O Palácio dos Rakshasas

faziam derreter por dentro. Suas mãos doíam, mas ele continuou a cavar, a retirar a terra e os fragmentos de pedra. Agora o rombo na parede era quase suficiente para que Chandra passasse por ele, e os dois enamorados anteviam com prazer os momentos que passariam juntos antes da fuga do escultor. Até que este, inadvertidamente, bateu de mau jeito no formão e o quebrou em dois.

– Oh, não! E agora? – lamentou ele, aflito. – Não tenho mais como trabalhar, e a brecha ainda é muito estreita para que eu passe por ela! O que faremos?

– Talvez não seja tão estreita assim – Sitali o animou. – Tente passar, vamos... Os braços primeiro...

– Não consigo – disse Chandra, mas mesmo assim tentou, fazendo várias manobras e sempre terminando com os ombros entalados. Sitali dava sugestões, tentava ajudá-lo, mas tudo parecia inútil. Até que os olhos do gandharva se iluminaram com uma ideia.

– Já sei o que podemos fazer! Tire toda a roupa – disse ele. Confuso, Chandra, mesmo assim, obedeceu. Sitali, então, procurou entre os vasos na despensa até achar um que contivesse manteiga, a qual passou para Chandra, aos punhados, através da brecha.

– Cubra-se com isso. Cada parte do corpo – recomendou. – Depois, volte a tentar passar, sempre com os braços na frente. Ah...! Está vendo como é mais fácil?

De fato, após ter se untado com a manteiga, o corpo esguio de Chandra deslizou mais facilmente através da brecha, e, após uma certa luta para fazer passar o tórax, Sitali finalmente conseguiu puxá-lo para junto de si. Tão logo o trouxe, tão logo o manteve em seus braços, suas mãos sensíveis deslizando pelas costas do artesão enquanto os lábios roçavam sua orelha.

– Meu pobre amado, cheio de arranhões... – murmurou, sentindo sua pele arrepiar sob o fino tecido das vestes.

– Não faz mal. Valeu a pena – disse Chandra, buscando os laços que, abertos, revelariam a nudez do gandharva. Seu êxtase aumentou quando o viu, pois Sitali tinha a aparência de um jovem belíssimo, gracioso e de proporções exatas. Sua pele era lisa e macia. Por sua vez, o moreno Chandra tinha mais ângulos, que de alguma forma se encaixavam à perfeição nas curvas de Sitali.

Lábios nos lábios, murmurando palavras apaixonadas que

se misturavam a beijos famintos, os dois exploraram o corpo do outro, percorrendo coxas e nádegas e mamilos. Sitali lambeu com sua língua os restos de manteiga sobre a pele de Chandra, beijou cada ferida provocada pelas pedras enquanto os dedos do artesão se aprofundavam em recantos secretos, o desejo crescendo dentro deles como uma serpente que se desenroscasse pela base. Por fim, quando seu ventre ameaçava explodir em estrelas de fogo, Chandra encontrou refúgio no corpo de Sitali, e suas vozes se uniram num prolongado gemido de êxtase. Um tempo de repouso nos braços um do outro e foi a vez do escultor se abrir para o gandharva, ouvindo, como num sonho, uma música celestial que o embalava em ondas de prazer. E tão envolvidos estavam em seu ato de amor que não perceberam quando a porta se abriu, expondo sua transgressão aos olhos de uma dupla de serviçais.

– O que é isso? – grunhiu um deles, saltando para trás. Assustado, Sitali se levantou, e Chandra tentou explicar, mas o segundo asura já soltara um longo silvo, convocando todos os companheiros que se encontrassem nas proximidades. Logo eram dezenas, que fecharam o cerco sobre os dois amantes e os arrastaram, entre guinchos e risadas maldosas, em direção ao salão de Ravana. E ao que, provavelmente, seria o seu fim.

Não me arrependo, disseram os olhos de Sitali a fitar o escultor.

Nem eu, respondeu Chandra em silêncio.

· · ·

– Uma brecha na parede, arruinando minha masmorra! Um pote inteiro de bálsamo e um vaso da melhor manteiga! E ainda profanaram meu palácio, entregando-se a seus prazeres abomináveis! Não, Vibhishana – rugiu o senhor dos rakshasas, por entre centenas de dentes. – Por mais que implore, desta vez não terei misericórdia!

Empurrando bruscamente o irmão, que ainda tentava interceder pelos acusados, Ravana entrou no salão com os olhos em chamas, que dardejaram sobre o escultor ajoelhado e submetido pelos asuras. Sitali estava logo atrás, igualmente manietado. Ambos estavam tomados por uma angústia terrível, mas o amor que sentiam um pelo outro lhes dava forças, ao menos, para enfrentar a ira do rei demônio.

— Vou começar por você, escultor! — berrou Ravana, estendendo os braços do lado esquerdo e espetando as garras no peito nu de Chandra. — Já que gosta de nadar em manteiga, vou cozinhá-lo num caldeirão, servir sua carne em um banquete e usar seus ossos para...

— Não, meu senhor! Não os dele! — gritou Sitali, arremessando longe uma dezena de asuras ao se erguer do solo. — Chandra é um homem de grande valor, amado pelos reis e pelos devas, e por isso eu imploro, deixe-o ir! Que eu sofra em seu lugar, e sofra pela eternidade, se esse for o seu desejo!

— Não! Sou eu, só eu que devo passar pelo suplício! — gritou Chandra, levantando-se por sua vez. — Sitali é um gandharva, um músico divino, e eu valho menos que um fio de seu cabelo!

— Ouça-os, irmão. Não pedem por si mesmos, e sim um pelo outro — arrazoou Vibhishana, atrás do rei. — Num amor assim não há nada de abominável, mas uma qualidade sublime.

— Sublime...! Não me venha com essas belas palavras! — Ravana bateu o pé, afundando uma parte do piso num terrível estrondo. — Estes são meus domínios, e eu sou o único juiz de quaisquer atos cometidos aqui! E eis a minha sentença — prosseguiu, crescendo ameaçadoramente sobre os dois jovens. — Para Chandra, que recusou a honra de me prestar serviço, e Sitali, o músico traiçoeiro, a pena é a morte! E é meu desejo como rei que ela se cumpra agora mesmo!

Dizendo isso, ele cresceu ainda mais, arreganhando todas as bocas enquanto suas mãos conjuravam violentos raios negros. Os asuras guincharam, correndo para todos os lados, e Vibhishana baixou a cabeça com desalento, mas os amantes permaneceram de pé a encarar o rei. De olhos abertos, apertaram-se as mãos — e nesse exato momento o teto do palácio ruiu, os escombros caindo por toda parte sem que alguém além de uns poucos demônios menores fosse atingido.

— Detenha sua mão, rakshasa! — bradou uma voz forte vinda do céu. Ravana recuou, grunhindo com temor e desagrado. Lá do alto, então, desceu uma águia majestosa, em cujo dorso se sentava um deus de quatro braços e rosto resplandecente.

— Senhor Vishnu...! — murmurou Chandra, caindo de joelhos.

— Sim, escultor. Sou Vishnu, a quem você tantas vezes prestou homenagem e dirigiu suas preces. E é por isso que agora venho em seu socorro — afirmou o deus.

Sua aura dourada se expandiu, atingindo os limites do salão

e obrigando Ravana a se refugiar nas trevas. Em uma era remota, ele tivera a força e a ousadia necessárias para desafiar Vishnu, mas dessa vez se via impotente, à mercê de sua misericórdia. E, ao que parecia, não haveria muita. Vibhishana, porém, suplicou a piedade do deus para com seu irmão, e a devoção que sempre demonstrara acabou por fazer com que Vishnu perdoasse mais uma arbitrariedade cometida pelo senhor dos rakshasas.

— Os jovens, porém, devem partir — disse o deus, seu olhar se demorando sobre ambos enquanto pairava no ar, no dorso de Garuda[8]. — Você, artesão, será devolvido ao rei Vasovarman, e cumprirá a missão de adornar o templo com as mais belas esculturas já vistas por olhos humanos; enquanto você, gandharva, retornará de seu exílio e voltará ao Brahma-loka[9], para assumir o lugar que lhe pertence entre os músicos da corte.

— Agradecemos, mas, senhor... Sagrado Vishnu... Será que não existe um jeito de ficarmos juntos a partir de agora? — indagou Sitali, mãos postas numa súplica. — Em qualquer reino, qualquer lugar?

— Não, enquanto durar esta existência, pois ambos têm seu dharma[10] e seus deveres a cumprir. — Vishnu pensou um pouco, depois tornou a olhá-los, desta vez com mais simpatia. — Mas as palavras de Vibhishana estão cheias de verdade. Por amor, vocês enfrentaram o senhor dos rakshasas e se ofereceram no lugar do outro em suplício, e isso merece uma recompensa. Não posso mudar seu destino, mas — bateu palmas — posso permitir-lhes uma noite de amor, que ambos sentirão como se durasse toda uma era. Que as memórias desse encontro sirvam de alimento para a sua arte, quando se separarem!

Como num passe de mágica, os dois jovens se viram então transportados para um riquíssimo aposento, cercado por lindas cortinas e forrado por almofadas macias, onde jarras de vinho e pratos com delicadas iguarias surgiam diante deles sempre que sentiam fome ou sede. Ali, sob os auspícios de Vishnu, Chandra e Sitali se entregaram ao amor sem reservas, explorando cada dobra e cada recôndito de seus corpos,

---

8   Águia mitológica que serve a Vishnu como montaria.

9   A morada de Brahma, na tradição hindu.

10   No sentido mais amplo, dharma significa "lei", ou o caminho de vida que se trilha de acordo com a lei.

esgotando cada gota de suor, murmurando um para o outro até que todas as palavras dos homens e todas as canções dos gandharvas tivessem sido usadas. Foi apenas uma noite, mas para eles teve a duração de toda uma era, fazendo-os se sentir plenos e felizes na certeza de um amor indestrutível.

Pela manhã, quando deixaram o palácio dos rakshasas, não houve propriamente uma despedida. Em seus corpos, em suas mentes e sobretudo em suas almas, um carregava as marcas do outro, e ambos sabiam que haveriam de se encontrar em uma próxima vida. Levando sua flauta aos lábios, Sitali tocou uma última melodia enquanto era alçado aos céus, ao passo que o escultor olhava para suas mãos, perguntando-se o quanto seriam capazes de traduzir o que aprendera naquela noite mágica.

• • •

Anos depois, um Chandra mais robusto e com fios prateados no cabelo contemplava sua obra-prima. Em toda a fachada do templo, em posições variadas, ele reproduzira as formas de seu amado, a memória daquele corpo perfeito gravada para sempre em suas mãos. O trabalho levara anos, toda a sua juventude, mas o escultor estava satisfeito: por meio de sua arte, havia honrado e celebrado seu amor, e isso já servia para justificar sua existência.

Nuvens brancas se acumularam no céu acima do templo. Chandra subiu no carro que o esperava e se foi, lançando um último olhar às formas eternizadas na pedra. E enquanto se afastava quase pôde ouvir, vindo das nuvens e soando como o trinado dos pássaros, o seu nome cantado pelos gandharvas, o tributo prestado por Sitali àquele amor que os reuniria na próxima e ao longo de muitas vidas.

Perfect Mistake
Blanxe

O barulho do engatilhar da arma, o cheiro químico ardendo em suas narinas... O tranco dos disparos podia sentir nos ossos, das falanges de seus dedos irradiando por todo o comprimento do braço. O ruído seco atingindo o alvo uma, duas, três, quatro vezes, esbraseava seu corpo e ricocheteava em seus batimentos, acelerando-os.

Peng-Peng.

Com suor gotejando de sua testa e o fôlego interrompido pela secura em sua garganta, Douglas abriu os olhos, os dedos trincados amarrotando o lençol úmido.

Peng-Peng.

Por mais que ele apertasse o tecido cascudo que cobria a cama, por mais que o sonho permanecesse vivo em seus poros e retinas, a percepção se perdera no limiar do passado.

Peng-Peng.

– Já vou, merda! – gritou, jogando as pernas para fora da cama.

Bufou com o azedume do álcool recendendo em seu hálito e andou a passos cegos até a porta. Queria virar o resto da garrafa de vodca que trouxera milagrosamente inteira da noite de cartas no hangar e voltar a capotar no colchão, mas era maior a gana de acabar com o infeliz que esmurrava a porta metálica de seu alojamento.

Puxou a arma da cintura e a carregou em simultâneo ao puxão que deu na maçaneta para abrir a porta. A claridade do corredor invadiu o quarto, o cegando por um instante, mas

Perfect Mistake

manteve sua postura ameaçadora alinhada ao cano da arma encostada no meio dos olhos do estorvo. Ele atrapalhara um dos poucos momentos em que podia se sentir completo.

— Eu descobri! — Edgar ignorou a arma, a vibração de sua voz fazendo um calor se retorcer no âmago de Douglas, lembrando-o de sua maior fraqueza.

— Cai fora — ordenou, cutucando a testa do jovem com o cano da pistola.

— Não. Você *tem* de me escutar — ele insistiu, afastando a arma e entrando no quarto. — Eu descobri. Desta vez é sério. Sem dúvidas, não estou brincando.

Os cabelos coloridos de azul e preto estavam desgrenhados, os fios lisos haviam perdido o corte, já caiam cobrindo a parte raspada na lateral da cabeça, percebeu Douglas, assim como notou as olheiras fundas e os olhos injetados. Douglas respirou fundo em busca de uma paciência que não se recordava de um dia ter existido em sua vida.

— Edgar... você voltou a usar aquele bagulho?

— Ele me ajuda a ficar acordado e a raciocinar. Raciocinar bastante — respondeu sem jeito, recuperando o excitamento em seguida. — Mas isso é o de menos, Doug! Me ouve, eu descobri como reparar o meu erro...

— Escuta aqui, seu bostinha — Douglas o agarrou pela lapela da camisa amarrotada, puxando-o para perto e usando a raiva como escudo para não fraquejar diante dos assustados olhos verdes. — Quando eu pedi pra você sumir da minha vista, eu falei sério. Não me importa a sua intenção ou o quão inteligente pensa que é: não quero, não preciso e dispenso a sua ajuda.

Soltou Edgar tão bruscamente que o corpo magrelo quase tombou para o chão. A mágoa provocada no rapaz desapareceu por debaixo de uma carranca impertinente, de lábios pressionados e supercílios se fechando a ponto de formar um vinco entre eles.

— Você tem todo o direito de estar puto comigo. Eu te meti naquela confusão, foi por minha causa que perdeu...

— Dá o fora! — vociferou. Não precisava reviver tudo pelas palavras de Edgar, mesmo sabendo que a porta para o passado havia sido aberta quando permitiu que ele entrasse em seu quarto.

Edgar cruzou os braços sobre o peito e inclinou a cabeça para o lado, de um jeito infantil que sequer combinava com ele.

— Quero ver quem me tira daqui.

— Ora, seu idiotinha pretensioso.

Avançou com toda a intenção de jogar Edgar porta afora. Ele e sua prepotência e planos e esperanças que dilaceravam Douglas junto com o que restara de seu eu antigo. Fechou a mão ao redor do braço fino, mas se retesou ante o contato. Soltou-o como se a realidade o atingisse. A tristeza, desta vez, permaneceu nos olhos de Edgar.

– Você não vai me machucar, Doug.

– Mas você vai me machucar. – Não mediu a crueldade da acusação. – Você tem esse dom. A última vez, pra mim, foi o suficiente.

– Isso não vai me deter. Não importa que você não me queira mais por perto, eu não vou desistir de devolver o que tirei de você.

Edgar saiu do quarto como um pequeno furacão, passando por ele com decisão no olhar e passos largos, batendo a porta em um estrondo.

Douglas se sentou, com todo o peso do corpo, à beira da cama, o desânimo destruindo sua fachada de indiferença. Com os cotovelos apoiados sobre os joelhos e o corpo inclinado para a frente, fitou as mãos. O metal imitava perfeitamente cada dedo, cada articulação, das palmas até os pulsos. Eram mãos perfeitas, passavam uma impressão de força – e eram fortes –, mas não eram suas mãos.

Aquelas que faltavam haviam sido destruídas. E, por mais que se esforçasse para culpar a si mesmo por ter perdido uma parte de seu corpo cuja falta jamais imaginaria sentir tanto, acabava naquela espiral de rancor contra Edgar.

Ele merecia, mas, ao mesmo tempo, não.

Com as próteses mecânicas, Douglas não tinha um vestígio de tato sequer. Quando segurava Edgar, como fizera havia pouco, tudo o que ele sabia era que poderia machucá-lo, se não medisse a força da calibragem do metal.

Um zumbido transpassou as paredes finas de seu quarto, fazendo-o pular da cama e disparar numa corrida pelos corredores.

Ignorou os xingamentos vindos dos alojamentos, a comoção que as turbinas gerou entre os outros pilotos. Era possível que alguém estivesse pregando uma peça ou bêbado o suficiente para criar aquele estardalhaço por infantilidade, mas, na cabeça de Douglas, a coisa ia muito além disso.

Porque ele conhecia Edgar mais do que gostaria, no momento.

Perfect Mistake

• • •

— Edgar! Sai de dentro desse caça! — gritou por cima do som das turbinas de sua nave de combate, em meio à pista do hangar.

Dentro do caça, o jovem balançou a cabeça, batendo o indicador no ouvido, fazendo uma careta falsa de quem não estava escutando.

— Edgar!!

— Eu preciso da sua máquina por um tempinho — gritou o rapaz de volta. — Prometo não demorar muito pra devolvê-la!

— Eles vão abater você no espaço, assim que deixar o hangar, idiota!

— Boa sorte pra eles, então — Edgar debochou, jogando na direção de Douglas um saco cheio de engrenagens.

• • •

Edgar tinha planejado tudo. As possibilidades de erro beiravam aceitáveis trinta por cento. Podia fazer dar certo, ter sucesso na missão. Pelo menos nesta, ele não aceitaria o fracasso. Descobrira um cientista durante a busca por tratamentos para as mãos perdidas de Douglas. Marx, como o intelectual alemão, parecia ser um revolucionário. Era conceituado, mas considerado uma ameaça por seus métodos arriscados. Não era à toa que fora trancafiado em um hospício de média segurança, em uma das colônias orbitais. Acusado de fazer experiências com cobaias humanas, sem o consentimento do Conselho, Marx foi diagnosticado com um transtorno, mas Edgar acreditava que a doença mental fora apenas uma desculpa para o tirarem de circulação.

Chegara a essa conclusão na primeira conversa que tivera com o homem. Usando uma identidade falsa de repórter da mídia local, Edgar conseguiu uma hora para conversar com Marx. Ele não era um interno perigoso, mostrando estar em pleno domínio de suas faculdades mentais.

— Você não é um repórter — concluiu Marx assim que o enfermeiro os deixou sozinhos na pálida sala de visitas.

— E você não é o que eu esperava.

Não era mesmo.

Cientistas para Edgar eram pessoas velhas e carrancudas, de pouca simpatia. Conhecia alguns, pois era o meio em que sua mãe vivia. Daí vinha sua preconcepção sobre os que se afundavam na ciência. Entretanto, Marx não tinha a pele enrugada e seu sorriso, quando insinuara não ser um repórter, fora de um carisma sedutor.

– As pessoas tendem a fazer prejulgamentos a meu respeito. Estou acostumado – brincou, fazendo Edgar sorrir.

– Então deve desconfiar do motivo que me traz aqui.

– Algo ilegal, com certeza.

Marx era bom ler as pessoas, como livros. Não se constrangeu por ser tão transparente em suas intenções e contou a razão de sua visita.

– No final de sua pesquisa sobre reconstrução de tecidos humanos, foi acusado de testar suas descobertas em pessoas. Disseram que tentou reconstruir a perna de uma criança mutilada.

– Teria dado certo, se não tivessem caçado a minha licença e me mantido aqui com um falso diagnóstico – ponderou Marx, cruzando o braço sobre o peito largo. – E não seria presunção minha supor que você tem esperança de que essa minha pesquisa o ajude de alguma forma.

Os olhos acinzentados do cientista o avaliaram, buscando por um membro faltando de seu corpo.

– Não é para mim, mas para alguém que conheço – adiantou-se o jovem, apesar de gostar do modo como os olhos dele o sondavam.

– Ninguém vem a uma colônia como esta, para pedir a um louco que cure um conhecido.

– Douglas é mais do que isso pra mim – confessou Edgar. – Mas, pra ele, não somos mais que meros conhecidos agora.

– Isso me cheira a mancada – instigou Marx.

Edgar tirou um momento para admirar mais o outro homem. Se não fosse o charme fluindo dele e de cada palavra que saía daquela boca de lábios desiguais, teria respondido de modo diferente; um em que fosse desnecessário dizer a verdade. Mas Marx estava exercendo nele uma influência, a ponto de fazê-lo revelar.

– Eu nunca fui dessas pessoas que acreditam em monogamia. Pra mim fidelidade é coisa que cachorros têm com os donos. Já o Doug...

– Ele era seu cachorro?

Quis sentir raiva dele pela comparação, mas o próprio Edgar começara com aquilo.

– Nesse sentido, sim – respondeu, engolindo a ofensa.

– E o que deu errado? – Marx recostou-se na cadeira, em

uma posição mais confortável e aberta. – Você amarrou a coleira dele a um poste e o abandonou?

– O que deu errado? – Sorriu com amargura. – Eu.

Era fácil admitir, o que se tornara difícil fora se conformar. Douglas nunca deixaria de ser uma parte importante de sua vida, mesmo que não o aceitasse mais como antes.

– Eu preciso que use seu conhecimento para recuperar as mãos dele – Edgar expôs.

– Jovem, eu adoraria. Nem cobraria tão caro para consertar seu ex-namorado, mas... como vê, estou confinado neste lugar.

– Isso não vai ser problema – Edgar sorriu, animado. – Mas preciso de sua palavra. Preciso que garanta que vai devolver as mãos do Doug.

– Me tire daqui – sussurrou aproximando o rosto com um sorriso enviesado. – Que torno realidade o que deseja.

Edgar sentiu um aperto no estômago ao mesmo tempo que um calafrio percorreu sua nuca, cativo pelo sorriso e pelo olhar do neurocientista tão próximo do seu.

– Espere por mim – pediu.

– Não vou a lugar algum sem você.

· · ·

Douglas viria atrás dele, Edgar tinha certeza disso desde que roubara o caça para cruzar o espaço até aquela colônia. Para esconder a aeronave, se passara pelo piloto que Douglas era, deixando-a em um hangar clandestino. Precisaria que ele a encontrasse. Mas enquanto Douglas o procurava, seguindo o sinal emitido de sua nave, Edgar invadia o sistema de segurança dos portões e dos prédios do sanatório.

Criou um vírus que confundiu a rede deles, sem disparar o alarme de invasão. Gerou, também, um *loop* nas câmeras de monitoramento através de uma filmagem gravada dos corredores vazios à noite. Uma missão ridícula para um hacker que estava na folha de pagamento da Federação.

A roupa de enfermeiro que vestiu serviria como mera precaução para o caso de esbarrar com algum funcionário durante sua incursão pelo prédio, mas todas as rondas estavam memorizadas em sua cabeça. Sendo assim, dificilmente cruzaria com um.

Adentrou o edifício com o fácil acesso pela área externa, pouco vigiada pelos seguranças devido ao avançar das horas.

Na projeção holográfica do aparelho que trazia na mão, um mapa o guiou até as escadas. Teria de subir cinco andares para chegar à ala onde estava internado Marx; usar o elevador poderia chamar atenções indesejadas.

O silêncio dava ao lugar um aspecto sombrio, com parte das luzes apagadas. Chegou ao quinto andar ofegante, amaldiçoando seu sedentarismo. Sorriu, porém, ao localizar a porta do quarto de Marx.

Mais um pouco e estariam fora dali.

– Poderia ser mais fácil que isso? – sussurrou, adiantando-se até o quadro ao lado da porta metálica.

Grudou um pequeno dispositivo ao painel. No instante em que foi acionado, neutralizou a frequência elétrica da trava, e o clique da porta se abrindo pôde ser ouvido.

– Ei, Doutor Marx... – chamou baixo, entrando no cômodo.

Era um quarto para um só interno, um luxo para quem tinha regalias; como um cientista famoso que havia pirado nos estudos. A cama estava desfeita, mas Marx não estava nela. Tardiamente, Edgar se deu conta do seu erro.

O braço foi segurado e o corpo puxado para o interior do ambiente escuro.

– Enfermeiros não fazem visitas aos pacientes de madrugada – escutou-o dizer, roçando os lábios em seu ouvido, segurando-o contra a parede.

Edgar engoliu em seco, com a pulsação acelerada, não por causa do susto, mas afetado pela proximidade de Marx.

– E nem cientista louco ataca quem veio salvar o rabo dele – retorquiu, se recompondo.

– Ajuda se eu disser que tenho um fetiche por enfermeiros? – brincou Marx, soltando-o.

Piora, pensou Edgar, pigarreando.

– Você vem comigo ou não?

– Já estava com as malas prontas, só esperando pelo meu herói.

Edgar rodou os olhos e torceu para que Marx fosse silencioso.

Antes de colocar os pés para fora do quarto, parou apreensivo. Passos ecoavam no corredor. Pensou em encostar a porta e esperar, mas se lembrou do dispositivo no painel. Se alguém o visse, seria descoberto.

Como da vez que Douglas perdera as mãos.

– Não deveria ter ronda nesse corredor por, pelo menos, vinte minutos.

Perfect Mistake

— Teoricamente, você está certo — confirmou Marx. — Entretanto, Heitor se adianta dez minutos para dar uma rapidinha com o interno do final do corredor. É um rapaz bem feminino, filho daquela atriz famosa Adriana Neiva.

— Ela tem um filho? — questionou o rapaz, descrente.

— Bem interessante por sinal — murmurou Marx. — Tem um desvio de personalidade agressivo. Azar o dele que Heitor é fascinado por este tipo de comportamento.

— Ele vai descobrir que estou aqui — retorquiu Edgar, frustrado pela calma de Marx quando estava à beira de ter seu plano descendo pela privada. — Tem um dispositivo de desarme preso ao painel que mantém a porta destravada.

— Falhas assim podem condenar uma pessoa, não é mesmo? — foi a réplica irônica que recebeu.

Um alarme ecoou pelo corredor, deixando Edgar de olhos arregalados.

Escutou o enfermeiro do lado de fora praguejar e correr. O ruído do elevador pôde ser ouvido em seguida.

— Ou você cometeu mais uma falha ou o sanatório tem mais visitas inesperadas — ponderou Marx.

Edgar não acreditava em um segundo invasor. Alguém tinha encontrado seu vírus e alertado o prédio. A segurança vasculharia cada centímetro do sanatório.

Erros faziam Edgar lembrar-se de que ao seu lado estava o meio para reverter o mal que causara a Douglas. Renovou sua determinação, não pensando duas vezes em puxar o cientista pelo colarinho da blusa branca, arrancar o dispositivo do painel e correr.

— Imagino que tenha um plano — Marx sugeriu, tentando manter o ritmo.

— Não exatamente. — Repentinamente, Edgar parou, olhando para o duto de lixo no final do corredor. — Não tem nada melhor do que improvisar, doutor.

Havia uma trava eletrônica fechando a portinhola, a qual conectou novamente o aparelho. Uma vez destravada, Marx desceu pelo duto seguido de Edgar. Não era o meio mais elegante de escapar, mas serviria.

Foram cinco andares para baixo, escorregando para fora, sobre uma grande caçamba de detritos. Edgar praguejou, perdendo o ar ao cair em cima de Marx.

O alarme ainda berrava acima de seus ouvidos, vozes e luzes

ganhavam vida no antes silencioso sanatório. Mas Edgar só notava a firmeza do corpo de Marx, abaixo do seu.

– Você é previsível demais, Edgar.

Levantou os olhos surpresos, deparando-se com Douglas diante da caçamba. Usava sua farda do esquadrão e, pela reprovação em seu semblante, Edgar não demorou a somar dois mais dois.

– Foi você! – acusou, se levantando como podia, balanceando-se entre os sacos de lixo, na direção do piloto. – Sabotou o meu plano!

– Roubou o meu caça para vir até essa colônia e ajudar um criminoso a fugir. Achou que eu não te encontraria?

– Eu quis te contar! – exasperou-se, pulando para o chão. – Se você ao menos tivesse me escutado!

– Se eu tivesse te escutado, teria avisado a Federação.

– Deixe de ser burro! Este cara aqui pode ajeitar tudo, ele pode reconstruir suas mãos – afirmou o rapaz, puxando o cientista pela camisa para fora da caçamba.

– Nisso ele tem razão – concordou Marx, dando um longo olhar para as mãos mecânicas de Douglas.

– A única coisa certa aqui é que você vai voltar pra dentro do sanatório. – Douglas olhou fulminante para o cientista.

– Escute, Douglas...

– Escute você. – Aproximou-se perigosamente de Marx. – Só deu esperanças a ele para poder fugir da...

Após um baque surdo, o corpo de Douglas despencou inconsciente no chão. Atrás dele estava Edgar, com uma placa de metal nas mãos e uma expressão martirizada no semblante.

– Se queria matá-lo, pra que veio pedir a minha ajuda? – Marx ironizou.

– Era o único jeito – Edgar jogou a placa sobre a caçamba. – Vai por mim, conheço Doug melhor do que ninguém. Ele estragaria tudo.

– Vou me lembrar de que contrariar você pode ter consequências nada agradáveis.

Edgar riu, enquanto Marx o ajudava a arrastar o corpo de Douglas.

– É bom que se lembre mesmo, doutor – motejou, seu olhar encontrando-se com o do cientista.

• • •

Perfect Mistake

O laboratório de Marx Petry fora lacrado pela Federação. Nada que Edgar não pudesse solucionar com um bom hackeamento. Aquele seria o primeiro lugar no qual as autoridades pensariam em procurar pelo cientista, mas daria um jeito, porque Marx precisaria dos tanques criogênicos e do suporte que a tecnologia existente ali forneceria.

Marx anestesiara e procedera a uma microcirurgia onde conectou um nanochip em uma parte do cérebro de Douglas, falando sobre as estruturas ósseas e os nervos que seriam estimulados à regeneração. Induzindo Douglas a um coma programado, conectou um tubo à medula óssea, informando que células-tronco faziam parte do processo.

— Eu nunca fiz experiências sem autorização dos meus pacientes — declarou Marx quando colocaram Douglas, nu, no tanque. — Agora terão um motivo real pra me confinarem de vez.

Com o peito dolorido, Edgar tirara as próteses metálicas que completavam, havia mais de um ano, os tocos que restaram no lugar das mãos de Douglas.

— E as autoridades ainda declararam como ilegais seus procedimentos — ironizou Edgar, tocando com pesar o vidro onde Douglas fora imerso.

— Dar esperanças ao desespero, notavelmente, é ilegal — comentou Marx, enquanto ativava uma sequência no painel virtual, lacrando o tanque. — As pessoas são consideradas cegas quando colocadas à beira do abismo.

Pensativo e vendo Douglas tão vulnerável, Edgar indagou:

— É o que acha que acontece comigo?

Marx ficou quieto.

— Ele perdeu as mãos pra me ajudar a sair de uma encrenca. Nos autos da Federação só consta que ele foi negligente durante uma missão, mas a verdade é que o erro foi meu. — Fez uma pausa, lembrando-se do dia em que a tragédia ocorrera. — Ele foi me resgatar, mesmo contra as ordens do Comandante dele. Fui pego infiltrado, só precisava ficar tempo suficiente para repassar as informações que ligavam um grupo de revolucionários ao terrorismo que age contra a Federação. Douglas foi capturado, torturado... e, mesmo assim, me tirou de lá vivo.

Incomodado por ter falado demais, Edgar tentou disfarçar.

— Mas isso é passado e agora ele vai ficar bem — disse confiante, virando-se para o cientista.

Para seu desconcerto ele estava perto, observando-o em silêncio.

— Acho que um descanso agora seria uma boa — Edgar comentou, com receio de interpretar errado os sinais que vinha recebendo do outro. — Não se incomoda de eu me jogar naquele sofazão que tem no escritório, né?

Ao passar por Marx, Edgar estacou com o toque sutil em sua mão, no qual o cientista acariciou seus dedos com os dele.

— O que está fazendo? — perguntou tomando o cuidado para não olhar para o lado, onde o outro homem estava parado.

— Acho que a pergunta correta seria: o que *você* está tentando fazer, Edgar?

A carícia dos dedos dele nos seus persistia, e Edgar se perguntava, também, o que estava tentando fazer enquanto era seduzido por um gesto tão simples.

— Me afastar de você — admitiu.

— Tenho uma notícia péssima — Marx entrelaçou seus dedos, chegando mais perto, encostando os lábios no ouvido de Edgar. — Não vai conseguir.

Fechou os olhos ante o calor dos lábios dele em seu pescoço, arrepiando-se com o traçar de um caminho de mordidas até seu maxilar. Então Marx parou, esperando Edgar olhá-lo diretamente. A cor acinzentada foi um mero vislumbre ofuscado pela ardor da boca que cobriu a sua.

Tocou o rosto de Marx, escorregando os dedos para acariciar os cabelos loiros da nuca, pondo um fim à sua última chance de não se envolver. Correspondeu ao beijo, suavemente provando a língua dele com a sua, ofegando quando o corpo maior moldou-se ao seu, comprimindo suas pélvis; seu sexos separados somente pelo tecido de suas calças.

A sofreguidão com que Marx buscava por ele nada lembrava o homem comedido que demonstrara ser, até então. Podia dizer que havia algo desconhecido por trás da personalidade moderada; os olhares intensos deveriam ter sido seus maiores indicativos do desejo que despertara naquele homem.

Agora Marx o dominava, abraçando-o como se precisasse senti-lo por inteiro; mãos que, afoitas, apertavam forte suas nádegas, seu sexo sendo comprimido contra o dele, seu fôlego roubado em meio àquele beijo intermitente.

— Queria fazer isso desde o momento que coloquei meus

Blanxe

olhos em você – Marx ofegou, guiando Edgar para trás, prendendo-os pelos quadris.

Edgar não soube vocalizar o que sentia, o ruído dos seus batimentos parecia ecoar em seus ouvidos, queimar suas orelhas e privá-lo da coerência necessária para falar.

– Mais – pediu, enfim, com urgência.

Marx entendeu seu pedido, pressionando-o contra uma das paredes do salão, voltando a devorar sua boca. Edgar ondulou o quadril para a frente, deliciando-se com fricção entre seus corpos e a forma como fazia Marx gemer baixinho.

Colocou a mão dentro da calça do cientista, sentindo e apertando a ereção volumosa. O excitamento fez Marx morder forte o lábio inferior de Edgar, trazendo ao paladar uma dor prazerosa misturada ao seu gemido lânguido. Sua blusa foi arrancada sem muita gentileza, em meio à urgência acentuada pela respiração pesada do outro homem.

A surpresa ficou estampada no rosto de Marx ao ver as argolas penduradas nos mamilos do hacker. Seus dedos acariciaram o metal e os bicos arrepiados. Dedicando a Edgar um sorriso enigmático, Marx desceu a boca até um dos anéis prateados, trincando os dentes nele e puxando-o.

Edgar cravou as unhas curtas nos ombros largos, falhando em manter baixa a sua voz.

– Você gosta disso, não é? – ele perguntou, trazendo o sexo de Edgar para fora da calça. – De um pouco de dor.

Marx arrancou a resposta de Edgar com um novo puxão de dentes na argola. Ele gemeu alto, inclinando a cabeça para trás.

– Não tão rápido... – pediu Edgar, segurando o pulso que o masturbava. – Eu não vou aguentar muito tempo.

A súplica só serviu para que Marx aumentasse a fricção.

– Quero vê-lo em êxtase – ofegou no ouvido de Edgar.

Edgar sucumbiu à carícia, estremecendo em meio ao frenesi que se espalhou por seu corpo. Com a respiração entrecortada, ficou de olhos fechados por alguns segundos, se deleitando com o torpor. Sentiu o afastamento de Marx e escutou o barulho de uma gaveta ser aberta, em seguida, de plástico sendo rasgado. Ao abrir os olhos, viu-o desenrolando uma camisinha na própria ereção.

– Vejo que andou premeditando as coisas – brincou, com um sorriso débil, tentando imaginar há quanto tempo o item estivera esquecido no fundo de uma das mesas do laboratório.

Perfect Mistake

– Sempre – Marx voltou a comprimir seus corpos. Segurando os cabelos coloridos de Edgar pela nuca, encostou sua testa na dele, olhando-o nos olhos.

Marx não disse mais nada, embora seus olhos parecessem falar por ele. Edgar se intimidou. Já trilhara aquela estrada com Douglas e sabia que, junto a ele, ela não levava a bons lugares. Entretanto... seu lado egoísta, aquele que estava irremediavelmente atraído por aquele homem, apreciava o forte desejo de Marx.

Envolveu os braços ao redor do pescoço do cientista e moveu seus lábios nos dele.

– Quero você... – gemeu, sentido seu sexo endurecer novamente. – em mim.

Era o que Marx queria também ao deixá-lo nu. Ele o ergueu pelos quadris e se acomodou entre as pernas, que se fecharam ao redor da cintura dele. Edgar arqueou as costas para trás, sentindo a penetração vagarosa. Uma tortura deliciosa acompanhada pela língua que deslizava por seu pescoço exposto, e que o fez chamar pelo nome de Marx até ele estar inteiramente encaixado em seu corpo.

– Mais... – pediu de novo, arrastado.

Marx retroagiu e voltou a penetrá-lo, afundando os dedos nas nádegas macias.

– Você é delicioso – sussurrou Marx em meio aos chupões no pescoço de Edgar, os quais ele sabia que deixariam suas marcas.

Edgar queria as marcas dele em seu corpo, e deleitar-se com os movimentos mais vigorosos a cada reentrada.

Marx mordeu forte o ombro magro, curvado sobre seu corpo, arfando e movendo a pélvis em investidas secas e curtas.

– Me toque – pediu Edgar, trêmulo, precisando de um pouco mais de estimulo para sentir toda aquela onda de prazer novamente.

– Chame o meu nome – rebateu Marx com um grunhido; a cadência exigente ditada por seu sexo fazendo Edgar arquear, expondo o pescoço alvo que foi lambido de baixo para cima, até a ponta do queixo arredondado.

– Marx... – O nome foi gemido em abandono, repetidas vezes, acompanhando o mover da mão do cientista em sua ereção.

Uma, duas fricções e tudo voltou a ser prazer diante dos olhos de Edgar, seu ouvido preenchido pelas obscenidades murmuradas por Marx, tão perdido quanto ele pela vertigem desencadeada pelo ápice.

• • •

Dormira junto a Marx naquela noite, e nas noites que se seguiram depois, esperando pela recuperação de Douglas. Ficou fascinado ao ver, dia a dia, o progresso de reconstrução das mãos dele: ossos, nervos, carne e pele tomando forma até os dedos estarem inteiros.

O processo durou um mês e meio. Na mídia, um canal ou outro de informação ainda comentava sobre a fuga de Marx. Edgar estava tranquilo, pois plantara pistas falsas que faziam as autoridades envolvidas se afastarem mais e mais da colônia onde se escondiam.

– Ele vai ficar muito puto comigo quando acordar – comentou, admirando o homem em estágio final de recuperação, dentro do tanque.

– Se as mãos são tão importantes para ele, não ficará aborrecido por muito tempo – ponderou Marx, indo para a mesa fazer alguns cálculos.

Edgar percebia no cientista uma sombra de introspecção, que se tornara crescente nos últimos dias. Estavam se afastando agora que o despertar de Douglas se aproximava.

– O que pretende fazer quando estiver livre de nós?

Marx ficou quieto, o movimento de seus dedos no teclado virtual, estagnado.

– Mudar de nome, desaparecer – acabou dizendo. – Acho que é um bom meio de começar uma nova vida.

– E vai continuar, você sabe... com as suas pesquisas e testes?

– Gosto de dar esperanças ao desespero – sorriu para Edgar daquela maneira que aquecia seu peito.

Sorriu de volta, acalentando a sensação, pensando no quanto não queria que Marx desaparecesse.

• • •

Um barulho assustou Edgar, acordando-o. Havia vozes no saguão. Procurou por Marx, mas ele não estava ao seu lado na cama improvisada.

Perfect Mistake

Calçou os sapatos enquanto esgueirava-se até o corredor, espiando.

Tem alguém aqui neste tanque, Comandante – ouviu alguém falar, e assim se deu conta de que as autoridades haviam descoberto o esconderijo deles.

Assustado, voltou para dentro do escritório, olhando ao redor, sem saber o que fazer e imaginando se Marx havia sido pego. Precisaria de um plano para ajudá-lo antes que o levassem – raciocinou antes de notar a janela no alto da parede.

Os basculantes para ventilação da sala davam direto em um beco sujo, fazendo com que mantê-los fechados fosse o melhor negócio. Contudo, um deles estava aberto uma cadeira posicionada logo abaixo.

– Filho da mãe – xingou, apressando-se.

Subiu na cadeira, arrastando-se pela abertura, não se importando com a poça fétida que quase molhou a ponta do seu nariz.

De pé no beco, foi puxado pelo braço e levado para longe da janela.

– Quem mandou sair de lá?

A frustração na voz de Marx não impediu que Edgar o abraçasse por impulso.

– Pensei que tinham te pegado.

Os braços dele ao seu redor trouxeram alívio, amenizaram o susto até que Marx, em tom mais ameno, explicou:

– Eu os chamei. Fiz uma denúncia anônima. – Edgar se afastou, encarando-o, indignado. Marx dedicou-lhe um olhar complacente. – Já estava na hora, Edgar. Eles vão tirar o Douglas do tanque e ele vai ficar bem.

– Mas e você?

– Volte lá pra dentro, diga que eu mantive você à força e que fiz essa... experiência com o Douglas.

Quem acreditaria na incoerência do que Marx sugeria? Ele podia ser um cientista inteligente, louco e sedutor, mas jamais conseguiria inventar uma desculpa que prestasse para salvar a própria vida.

– E você?

– Eu vou desaparecer. Não se preocupe, não vão me pegar.

– Você não leva jeito para criar pistas falsas ou viajar incógnito. E se alguém te reconhecer ou denunciar? Você precisa de alguém. Eu vou com você.

— Edgar — Marx o segurou pelos ombros, olhando-o dentro dos olhos. — Eu não preciso de você.

A afirmação foi um baque que silenciou Edgar. Marx não precisava dele. Mas isso não significava que Edgar não precisasse de Marx. Que, nos dias a fio que passaram juntos, não tivesse sentido uma ligação forte o suficiente com o outro homem, a ponto de querer continuar a seu lado e desvendar mais daquele sentimento que o confundia e o excitava ao mesmo tempo.

A desolação marejou seus olhos e, tudo o que soube foi que, afoitamente, o cientista o abraçou forte, respirando o seu cheiro enquanto corria dos dedos pelos cabelos de cor exótica.

— As pessoas são consideradas cegas à beira do abismo — repetiu Marx. — Não seja uma delas, Edgar.

— Tarde demais. — Afundou o rosto no peito dele, abraçando-o de volta com a mesma força. — Não me peça pra ficar. Não diga que não precisa de mim.

Comandante! Tem uma janela aberta aqui!

Edgar olhou apreensivo para Marx: medo de ele ser pego, medo de ser deixado para trás. Uma miríade de sentimentos espremia seu peito.

A boca do cientista na sua levou embora todas as incertezas.

— Eu quero você — garantiu Marx em meio beijo. — Eu preciso de você.

Edgar suspirou aliviado, repetindo em sua mente a confissão de Marx enquanto fugiam.

Ninguém encontrou o rastro deles.

Afinal, Edgar era muito bom no que fazia.

Maçã
Tanko Chan

— Desculpe a demora, Sra. Clark, hoje foi um dia movimentado, a minha assistente parece que se ausentou e... – as cortinas de miçangas baratas da porta chacoalharam quando o adivinho adentrou a penumbra da saleta, agitando os espessos rolos da fumaça de incenso que mal disfarçava o cheiro de bolor de todas aquelas quinquilharias esotéricas e do inevitável e empoeirado veludo carmim.

–Boa noite – respondeu uma voz que definitivamente não era da Sra. Clark. Lá estava nada mais nada menos que um homem de terno, gravata e barba, sentado com a postura muito ereta em frente à mesinha da bola de cristal.

– Ah, se o universo não está me pregando peças! –- o adivinho emendou o mais rápido que pôde, assim que se refez do susto, juntando as mãos em uma reverência exagerada. – Seja bem vindo, Senhor...

– Joseph Brettner– o cliente disse, imitando o cumprimento de forma meio irônica e meio desajeitada. – Achei que adivinhar era parte do trabalho.

– Divino Avalon, um mero servo dos espíritos – sorriu amarelo. – Mas isso o senhor deve saber pela placa do lado de fora.

– Naturalmente. Acredito que os espíritos também não explicaram o motivo da visita.

O adivinho respondeu com um breve silêncio contrariado. Tinha caído nas mãos de um "jogador de xadrez". A ausência de Simone, a assistente, o deixava em franca desvantagem. Não sabia onde diabos a garota tinha se metido e aquela devia

Maçã

ter sido a deixa para que o cliente novo entrasse na sala no lugar da constante e pontual Sra. Clark. Era Simone quem arrumava a sala, repunha as velas -- agora negligenciadas -- e, o mais fundamental, recolhia os dados pessoais dos clientes, arrancando, quase como quem não quer nada, informações e segredos aqui e ali. Sem a triagem, a performance carecia de um esforço extra para o efeito desejado. Mas ele não se auto-denominava "divino" à toa.

Sentou-se em frente ao homem misterioso e fez uma varredura apressada: Terno cinza e elegante, ótimo corte, um modelo quase atemporal, ele diria, embora não fosse versado em moda. Trazia o que parecia ser uma pasta quadrada pousada no colo, tinha um relógio de pulso gordo e nenhum sinal de aliança. Talvez um cético. Um policial? Os deuses o livrassem de que fosse um cobrador. Eram possibilidades fortes.

– Questões do reino da mente, do trabalho e do intelecto, é o que os espíritos me sussurram...

Satisfeito, o adivinho viu a sobrancelha bem desenhada do cliente se erguer. Bingo!

– Você É bom.

– Então podemos começar? Presumo que deseje saber o quanto antes o que o futuro reserva!

– Sim, tenho pressa. Serviço completo. Como diz a placa – o homem disse, sorrindo com uma pitada de sarcasmo.

– Não vai se arrepender, senhor. A sessão não é demorada, mas requer a nossa total concentração.

O cliente não parecia exatamente convencido, mas estava disposto a colaborar. Enquanto o adivinho ia repetindo uns mantras em idioma ininteligível que ele afirmava ser Sânscrito (e que jamais passaria pelo escrutínio de um linguista de verdade), balançava também um incensário, que aos poucos tornava a já enevoada sala em uma cópia da noite lá fora.

Com o ar saturado, ele mesmo mal conseguiu perceber se o homem seguira ou não o comando para fechar os olhos. Não importava. O cliente não o veria desaparecer atrás do biombo orientalista e muito menos notaria a portinhola no chão, que era onde a verdadeira mágica acontecia.

Usando do silêncio e maestria cultivados por anos, o adivinho meteu-se no porão, desceu as escadinhas e esperou. Demorou mais do que deveria. Se não pudesse medir o tempo pela fumaça que ainda pairava no ar, diria que foram minutos, longos minutos, mais quentes do que de costume. O suor já escorria sob o turbante quando ele conseguiu fazer acontecer. E nem mesmo isso seguiu o curso natural das coisas.

Quando voltou para a superfície, meio desmantelado, teve certeza de que parecia um lunático. O espelho denunciava o rosto lívido, os olhos azuis esbugalhados numa careta distorcida muitos tons acima de qualquer dos seus trejeitos excêntricos.

— Você! — berrou, a voz saindo esganiçada como não acontecia desde os momentos mais embaraçosos de sua puberdade. — Eu não posso... não posso atendê-lo. Por favor, retire-se.

— Por que o espanto? — o sujeito sorriu com o canto da boca. — Por acaso viu algum... fantasma?

• • •

Como em um sonho ruim, ele corria, corria, mas os homens continuavam em seu encalço. Os pés mal pareciam tocar o chão, a consciência da realidade evocada apenas pelos músculos que latejavam. John também corria, era mais rápido, quase um atleta. Ele ficava para trás aos poucos, centímetros, metros... e quase desejava que o outro aumentasse a distância entre eles, que chegasse a um lugar seguro mesmo que sozinho.

Só que John não o deixaria: voltou e o agarrou pelo braço. Por algum tempo o puxão ainda fez efeito, mas a boa fase não durou muito. Ele -- sempre ele -- logo voltou a atrasá-los, com suas malditas pernas lentas demais, mãos escorregadias demais. Naquele momento, ele era um fardo.

Ou talvez, pensara, ele sempre tivesse sido um fardo. Culpava-se por não prever o inevitável. Mas os fardos não sabem, eles apenas pesam sobre os ombros alheios. Não fosse por ele, John seria um homem normal, casado, bem sucedido.

Bufando, chegaram às ruínas de uma antiga igreja, um lugar esquecido por todos, frequentado apenas ocasionalmente por usuários de drogas recreativas, adúlteros e jovens mais afoitos que escolheram não esperar. Mas naquela noite nem mesmo os cães buscavam abrigo sob o teto de vigas nuas.

Havia uma pilha de ripas de madeira podre e entulhos

Maçã

mais ou menos no lugar que fora um altar um dia, já despido de qualquer ídolo, pedra nobre ou engaste. Com uma certeza febril, John se pôs a revirar paus e pedras, assustando besouros e lacraias, revelando um alçapão.

As vozes dos perseguidores já podiam ser ouvidas ao longe. Não havia tempo, não havia saída. Sem lhe dar espaço para questionamentos, John o beijou. Um beijo trêmulo e desesperado, o último, o beijo que embaçou as lentes dos óculos de aro grosso.

– Haja o que houver, fique longe de onde cai a Maçã!

Ele não pôde ver a expressão nos olhos castanhos no momento em que foi empurrado para dentro do negrume da catacumba. Ainda pensou ter ouvido a porta se fechar num estampido -- ou talvez aquele já fosse o crânio de John sendo esfacelado por uma barra de ferro -- antes de perder a consciência e acordar onde acordou.

• • •

Quando deu por si, o adivinho percebeu-se sentado, a respiração controlada, como se nada tivesse acontecido. Do outro lado da mesa, o cliente ainda estava olhando para ele, imóvel. O seu coração deu um pinote e por pouco ele não caiu da cadeira.

– Ei, ei, calma aí. Você não quer ter outro lapso, quer?

Sacudiu a cabeça, ainda tentando digerir o que achava que tinha ouvido. Não sabia o que era um lapso, mas boa coisa não podia ser. A julgar pelas velas já quase todas queimadas até o toco, o tal "lapso" levara um bom quarto de hora.

– O que eu estava dizendo? Ah, sim, que não posso sair daqui sem você, é a minha missão nesse plano. Acho que essa parte você já entendeu, não é?

– Não é isso que quero saber! Q- quero o nome. Qual você disse que era seu verdadeiro nome? – perguntou, embora já soubesse a resposta. Ele precisava ouvir de novo. Depois de tudo o que acontecera, não era prudente confiar em lembranças. – Não era...

– Ah, sim, claro. Meu nome de batismo é John. John Fairfax. Ao menos era assim que me chamavam. Hoje tenho outros nomes. Não me importo se preferir me chamar de "Estranho", é como todo mundo me chama mesmo. A chefia me enviou para tratar com você, já que a familiaridade da minha pessoa poderia ser mais convincente. Insensível, eu sei, mas acho que ninguém ali se promoveu na base da sensibilidade... – Estranho deu de ombros.

Então era isso. Seria possível que, após alguns anos usando de truques para fingir falar com os espíritos, eles vinham de verdade para atormentá-lo? Demônios, talvez?

Não! Aquilo era ridículo. Nenhuma vovozinha falecida reaparecia pros netinhos em sonhos com a aparência irreconhecível de moça na flor da idade. Tampouco as virgens que morriam antes de seu tempo gostavam de fazer projeções ectoplásmicas com rugas e flacidez que nunca chegaram a ter.

– Eu talvez possa chamá-lo de "Charme"? É o apelido que lhe deram... eu acho que "Romeo" não o deixaria muito confortável.

Na penumbra, Estranho passava, sim, por John. Mas um John com trinta e muitos, sem os óculos fundo de garrafa, com nariz quebrado, olheiras e ainda por cima ostentando uma barba impossível de homogênea, que o amante nunca conseguira cultivar em vida. E o que mais lhe causava desgosto: um John que não parecia se lembrar do seu amor por ele. Já os olhos castanhos... os cílios longos, o formato da boca quando ria... parecia ter até aquele canino meio trepado. O coração e a cabeça conversaram e decidiram que discordavam. Por mais que ele quisesse, simplesmente não podia ser.

– Isso só pode ser uma brincadeira de mau gosto! Se é vingança que quer, saiba que já sofri o bastante para limpar o carma por umas dez reencarnações! Agora se puder se retirar, eu agradeceria. Se não o fizer eu vou chamar a polícia.

O adivinho levantou-se e em passos duros foi até a porta, esperando que Estranho, John, ou quem quer que fosse aquele homem passasse por ela e evaporasse no meio da neblina.

– Não faz isso, olha, eu não quero ter que voltar aqui, e eu **vou ter** que voltar – Estranho resmungou, quase implorando, enquanto andava até ele. – Talvez para você não seja nada de mais, mas eu já estou enjoado de ficar circulando no tempo. Esse loop onde você se prendeu não pode ser saudável. Reviver os mesmos quarenta dias de novo e de novo...

Apenas o suave bater da porta cortou o silêncio que se fez na sala.

– Acho que agora consegui sua atenção.

Maçã

• • •

Existe algum debate sobre qual seria a pior das dores, mas, se alguém perguntasse a ele, responderia sem titubear que era a sensação de cair na Toca do Coelho. Não havia palavras em quaisquer idiomas que pudessem descrever o horror daquela primeira vez em que ele atravessara o tecido da realidade. É claro que, somados à dor, vinham também a confusão, o enjoo e o pesar.

Ele teve bastante tempo numa cama de hospital para racionalizar o que tinha acontecido, perceber que não estava num "onde" diferente, mas em um "quando" totalmente novo, em cores e som estéreo. O futuro era vibrante, tinha um quê de caótico, pós-modernista, conectado, o futuro dialogava com a sua alma livre. No futuro, homens como ele e John poderiam ser quem eram, poderiam mesmo casar se tivessem vontade. Justamente por ter se apaixonado pelo futuro, não era justo que tivesse que vivê-lo sem John.

A Toca de Coelho da catacumba da igreja era inacessível naquela época, com o prédio reconstruído, funcional. Mas não era a única, ele conseguia farejá-las. Era uma espécie de sexto sentido, o poder que ele ganhara com o "renascimento".

Encontrou diversas Tocas, mas nenhuma parecia boa o bastante como aquela que ficava sob uma macieira, nos arredores da Universidade. O lugar onde beijara John pela primeira vez.

Contrariando a última vontade do amante, meteu-se no poço, saiu num sobrado caindo aos pedaços, onde agora funcionava o seu negócio de adivinhação.

O plano parecia perfeito, mas estava longe de sê-lo. Não quis correr o risco de se encontrar consigo mesmo ou com John e pôr tudo a perder, mas, com exceção dessa regra, fez todo o tipo de coisa, mandou bilhetes anônimos para si mesmo e para John, chamou a polícia, até chegou a contratar uns homens para fazerem o serviço na base da força bruta. Tudo em vão.

Sem exceção, no instante em que seu corpo, o seu antigo "eu", era empurrado para a Toca da igreja, ele, o novo "eu", voltava ao ponto de partida.

• • •

Estranho não gostava muito de fazer as coisas do jeito dos outros, mas trabalhar para o Instituto era o que "tinha para hoje", o que "teve para ontem" e possivelmente seria o que "teria para amanhã" também, então ele tentara não se aborrecer quando o meteram naquele trabalho que nada tinha a ver com a sua área.

Afinal, liberdade era bom, mas liberdade demais invariavelmente dava merda. Por isso era melhor jogar pelas regras que ficar igual ao pobre homem que bancava o adivinho, entrando e saindo dos portais, correndo todos os riscos de sofrer um acidente bizarro cujo tratamento nenhum plano de saúde cobriria.

Por algum capricho da natureza ou excesso de "visitação", aquela área da cidade mais parecia um queijo suíço de buracos de portal. A conveniência exigia que o Instituto não se envolvesse com toda e qualquer atividade fora da curva, só aquelas que prejudicavam o trânsito dos oficiais.

Mas uma bolha no tempo incomodava muita gente. O pouco que se sabia sobre elas é que eram feito pérolas, se o tempo pudesse ser comparado a uma ostra (a diferença estava no fato de que essa pérola não era desejável para mais ninguém além da ostra). Assim como o molusco, o tempo encapsulava os "corpos estranhos" maiores, as tentativas de subverter os acontecimentos mais relevantes, e dessa maneira conseguia evitar as grandes chagas.

Tanto que ninguém no Instituto tinha dúvidas de que a pessoa que apelidaram de "Charme", e que era procurada por 10 entre 10 Viajantes, era um transgressor dos graúdos. Candidato a herói, ou louco, alguém tentando mexer com eventos que definiram as próprias linhas do conjunto de Realidades onde estavam.

Toda aquela confusão e o que encontrara? Um amante trágico, que por azar tentava impedir um assassinato inevitável. O seu assassinato. Mas lhe cabia apenas perdoar. Charme não sabia nada sobre aquilo. Nenhum ser humano normal culparia uma criança por brincar com uma bola antes de aprender física básica.

Charme não era culpado, tinha boas intenções, e, numa nota a parte, ainda era bonito. Fazia jus ao nome incidental. Uns cabelos castanho-acobreados, corpo esguio de ombros largos, enormes olhos azuis, jeito de ator um pouquinho

Maçã

canastrão. Era compreensível que ele tivesse se apaixonado com tanto fervor.

• • •

— Nós do Instituto temos os nossos recursos. Ainda assim deu um bocado de trabalho para te achar. Você é famoso, sabia? Não é fácil viciar o tempo. – disse Estranho, como se criar um Purgatório terreno fosse algum tipo de mérito.

— Eu **fiz** isso? Por isso estou preso aqui e agora sequer consigo pular para o começo do ciclo como sempre fiz?

— Não, isso foi coisa minha. Eu sei que é meio desagradável passar por um portal lacrado, espero que tenha sido rápido...

— Eu fiquei pelo menos meia hora girando no... SEI LÁ O QUE ERA AQUILO! – gritou, ajeitando um fio comprido que escapara do turbante mal assentado.

— De qualquer modo – disse Estranho, limpando a garganta para desviar o assunto – , a última vez que vimos isso acontecer foi quando um espertinho tentou assassinar Hitler. Ficou lá, rodando por um BOM tempo. Acontece que Hitler era Hitler, e, cá entre nós, o nosso "Pião" não foi o primeiro a falhar. Já você só queria salvar a mim, um Zé Ninguém qualquer, o que não deveria fazer todo esse escarcéu com esse conjunto de Realidades...

— Espera, espera, espera! – ele se pôs de pé, angustiado, colocando em segundo plano o fato de que não estava entendendo metade da história. – Suponha que eu acredite que você é mesmo John -- e eu não acredito --, por que você está aqui se eu não consegui salvá-lo? A morte dele, a sua morte... foi tudo uma farsa?

— Hmmm. Como posso explicar isso...? – Estranho disse, coçando a barba perfeita. Pela primeira vez, hesitou, escolheu as palavras. – Sinto ser arauto de más notícias, mas é fato que eu... que John morreu. E é fato que não importa o quanto volte no tempo para impedir o assassinato, o máximo que vai conseguir será ficar preso no ciclo indefinidamente -- e não queremos isso. Caso goste de pensar por essa linha, posso dizer que sou e ao mesmo tempo não sou John. Se tenho algo diferente de seu "John" é porque sou o "John" de uma Realidade diferente, um que nunca morreu. Ao menos não morreu ainda, é claro.

Ele percebeu que Estranho corou, como se pedisse desculpas por não ter sido o John que foi espancado com uma barra de ferro até a morte. Tudo o que Estranho dizia soava como a mais pura verdade, e era isso que o irritava.

– Mas então dá na mesma, não dá? Conte como você escapou. Se eu souber, poderei fazer o mesmo aqui, e então nunca terei caído na Toca de Coelho! – rugiu, puxando Estranho pelo colarinho até que seus narizes estivessem praticamente colados. – Isso não basta para salvar o dia? Hein? Hein? RESPONDE!

– É impossível. São coisas diferentes. Na sua Realidade eu sempre morro e você sempre atravessa o portal, são pontos definidos. Na Realidade de onde venho, eu não morro assassinado naquele ataque porque não há o ataque. Eu não o conheço. Se não o conheço, não morro, essa parece ser a regra. Entende?

Não havia maldade ou ironia nas palavras de Estranho, apenas uma nota de condescendência, mas elas o atingiram direto no coração, despedaçando-o de vez. Ele fora ao mesmo tempo o grande amor E o fardo mais pesado da vida de John. Como ele podia significar duas coisas tão discrepantes para uma única pessoa?

– Entendo – a sua boca curvou-se num sorriso apático. – Eu o matei, afinal.

– Não... ah não. Não foi isso que eu quis dizer! A culpa não é sua, absolutamente! De jeito nenhum! Não mesmo! – Estranho falou, atropelando as palavras, visivelmente perturbado pela sua constatação. – Essas coisas são assim, eu tenho experiência, a gente acha que pode fazer e acontecer e não dá. É assim desde o primeiro homem que entrou no primeiro portal.

– Mas eu só existo para matá-lo... você não percebe como isso é horrível? E se eu me matasse?

– Caralho, o que eu estou dizendo? Esquece, esquece tudo. Eu sou um babaca... um imbecil! Nada disso é certo. É só uma conjectura. Uma conjectura idiota. Eu não queria ter vindo, mas a minha posição estava em jogo e... Ah, foda-se, foda-se o protocolo.

Charme suspirou alto quando o outro o segurou pela nuca com gentil firmeza e o aninhou no peito, envolvendo-o num abraço desajeitado. As suas lágrimas não tardaram a cair, arruinando a lapela do bonito terno cinza.

– Eu sinto muito por sua perda, mesmo sabendo que de

algum modo... era eu. E que, me conhecendo como conheço, eu duvido um pouco que mereça tudo isso. A gente não sabe tudo, mas temos uma certeza para trabalhar aqui. Ele... nós queríamos que você vivesse. Isso é o mais importante, não é?

Naquela hora, Estranho e John se pareciam como nunca. As palavras, a entonação de voz, o cheiro. Dizem que o olfato é o sentido mais ligado ao passado, capaz de fisgar as lembranças enraizadas na mente de alguém e era assim que Estranho agora invadia a sua percepção. O tato, aquele carinho suave que arrepiava os cabelos de sua nuca, fazia a ponte com o momento presente. Era tudo tão familiar, como um deja vu.

Se não tivesse o caminho interrompido, John teria se transformado, necessariamente, em Estranho? Teria barba, consertaria os olhos, teria quebrado o nariz (sem se importar muito em consertar), trabalharia pulando em Tocas de Coelho? Não. Não era assim que as coisas funcionavam. Estranho era John que ainda não o amara, que não vivera as mesmas experiências, não o beijara no cinema aproveitando a distração do lanterninha, não o levara para ver as estrelas naquela noite terrivelmente fria, quando se esquentaram um no outro e esqueceram do céu.

Talvez não fizesse mesmo sentido imaginar o futuro de um homem que estava morto. Todas as alternativas eram válidas. Nenhuma alternativa era válida.

Então era John. Não era. Era. Não era. Que se danasse! Preferiu acreditar por alguns minutos que era.

• • •

Finalmente Charme achou uso para aquele vinho fino que ganhava da Sra. Clark todos os ciclos e nunca conseguia recusar. Estranho alegou que não devia beber em serviço. Mas ele já tinha esquecido o protocolo mesmo... No final das contas, acabou ajudando a enxugar a garrafa.

Jogados no divã, trocaram histórias, compararam lembranças, era como se conversassem sobre um grande amigo em comum.

– É a sua vez.

– Bem... – Charme murmurou como se aquela fosse a coisa mais engraçada do mundo, a cabeça ainda leve pelo efeito do álcool. – Você tinha essa... esposa.

— Annette!! — disseram em uníssono.

— Mas você dizia que o casamento era só de fachada... — ele continuou, apenas para que Estranho completasse:

— A ideia foi toda dela, acho que queria salvar a minha alma ou coisa assim. Era conveniente. Ela fazia vista grossa para os meus casos enquanto eu fingisse bem para os vizinhos. Bom, isso até a hora em que decidiu ter filhos. Eu não conseguia ir pra cama com ela nem pensando no James Dean. Foi aí que o casamento acabou, se dissolveu na verdade, acho que era o termo legal para isso.

— Ela não se importava com seus casos? Uma ova! Ela teria servido minhas vísceras com o chá da tarde se pudesse — ele disse, fazendo uma careta.

— Ora, EU nunca meti um amante dentro de casa. Mal tinha domínio sobre meu próprio sótão! O telescópio que eu montei ficou lá sem uso, quando tinha alguma efeméride interessante para observar, Annette inventava compromissos. Acho que sabia do anuário melhor que eu.

— Eu não sei do que você... ele... Ele! Do que ele gostava mais, se de mim ou daquele sótão que Annette odiava só para implicar. Eu vivia lá, afinal para ela eu era só um dos hobbies inconvenientes do marido...

— Típico.

— Eu sei. — Ele sorriu, encostando a cabeça no ombro do outro. — Sabe, é bom me lembrar disso. Por tanto tempo eu só pensei na parte em que a minha vida desmoronou que o mais importante ficou esquecido.

— Acho que nós três seríamos bons amigos...

Charme não disfarçou a risada maliciosa quando respondeu:

— Ele nunca me dividiria com você. Teria ciúmes. Você é o John que conseguiu fazer crescer uma barba.

— Olha que muita gente imploraria a Realidade por um *ménage à trois* assim. Já eu sou um romântico, você sabe.

Charme riu, pendurando-se no pescoço do outro, sentindo a mencionada barba roçar sua bochecha lisa. Percebeu a mão em volta de seu ombro apertar num ligeiro espasmo de excitação.

— Então, o que você faria?

Era natural, simplesmente natural que se atraíssem mutuamente, mesmo naquelas circunstâncias quebradas. Estava claro que Estranho mal conseguia segurar a curiosidade, a

Maçã

vontade de provar daquele que fora tão amado pelo seu duplo quase idêntico. Os olhos famintos já passeavam sobre os seus, fitavam seus lábios... como aquele que bem conhecera costumava fazer.

— Depende. Vamos só supor que a pessoa que eu amo estivesse presa. Digamos, por hipótese, em uma bolha temporal. Pode acontecer com qualquer um, não é?

— Acontece comigo o tempo todo.

— Justamente. Você imagina que, como a paixão é egoísta, eu poderia convencer essa pessoa a permanecer na bolha, enquanto eu teria a oportunidade de seduzi-la por muitos ciclos, fazer amor com ela de todos os jeitos e esquecer coisas irrelevantes como "trabalho", "Instituto", "distorção do tempo atrapalhando as férias de um monte de figurão" – sussurrou Estranho, a mão que repousava sobre o ombro de Charme já escorrendo por seu braço numa carícia lânguida. –, mas isso não é o que eu faria. Acho também que você sabe o que eu faria e eu prometo que é isso que eu vou fazer... assim que você concordar em ir comigo.

Charme assentiu, sorrindo brevemente. Não queria imaginar em como reagiria quando Estranho o libertasse da bolha. A certeza do fim o traria alívio ou frustração? Ele seria capaz de odiá-lo, quando agora o que sentia era um enorme desejo?

— Eu não esperaria menos de você.

O beijo foi para selar a promessa. Apenas um toque, suave e hesitante, espalhando o gosto familiar em seus lábios. Então, o toque desabrochou devagar e, ao passo que reconfortava, também o fazia ansiar por mais que consolo. Assim acabou sendo.

Logo estava enredado nos braços de Estranho, que metia as palmas sob sua blusa, tateando e explorando o terreno de seu corpo. Terreno que para Estranho era completamente novo.

Ele não imaginava que ficaria entregue daquele jeito, rígido e ofegante com apenas um estímulo breve. Responsabilizou a pele traidora, viciada nos toques de John, programada para responder aos seus beijos e que agora se crispava embaraçosamente rápido sob as mãos hábeis de seu duplo. E, se ainda havia qualquer resistência, esta teria se derretido na hora em que os dedos do outro homem alisaram as curvas de sua coluna, massagearam, beliscaram, e foram descendo, buscando refúgio sob o elástico das pantalonas...

Surpreendeu-se ao ouvir o quão alto ele soprava gemidos na boca do outro, conforme os dedos finalmente encontraram o que procuravam e o acariciaram ali. Ele jurou vingança mordendo-lhe o lábio inferior. Estranho gostou, e riu:

— Não é assim que você quer?

— Ainda não... é cedo... — disse Charme, desabotoando a camisa de Estranho, mostrando que também sabia um truque ou dois.

Apesar da idade e do trabalho ocioso, Estranho estava em ótima forma, quase exatamente como ele se lembrava. Ele beijou fervorosamente cada pedacinho de pele que ia descobrindo, matando a saudade do corpo que o embalara em muitas noites de prazer. E, para sua satisfação, agora que a calça cinzenta saia do caminho para dar lugar a lábios quentes era Estranho quem gemia.

Nada daquilo era realmente necessário, ambos estavam prontos desde que começaram a trocar confidências, mas Charme queria provocá-lo. Saboreava com gosto a umidade do prazer do outro e não parou de lamber e chupar até que ele estivesse transbordando.

Queria saber o quanto de John havia em Estranho, o que era igual, o que era diferente. Ninguém poderia culpá-lo por isso, nem mesmo Estranho, que desejara fazer parte daquele triângulo amoroso impossível, com vértices que não se encontravam no mesmo plano. Mas ele, ah, ele podia ter os dois.

— Vem... Me dá...

Estranho não se fez rogado, logo estava entre as suas coxas nuas. Os seus quadris moveram-se quase que por conta própria, recebendo com prazer a invasão. Arfou, queixou-se, mas não pediu para que parasse.

— John, meu John! — chamava, arranhava as costas de Estranho que o penetrava com luxúria, e não se importava em dar vazão à sua fantasia.

A tortura era completa com os dedos que envolviam sua ereção, devolviam o favor. Não tardou para ele vir, ruidosamente, sentindo o gozo do outro se derramar nele.

Era John. Não era. Era. Naquele momento, não era. Mas ele também não era mais o mesmo desde que caiu pela Toca do Coelho.

• • •

Maçã

Existe algum debate sobre qual seria a mais bizarra das situações com a qual um Viajante poderia se deparar. Certamente no topo da lista estariam coisas como "transar com a própria avó", "fazer o próprio parto" e, como não poderia deixar de ser, "participar ativamente da própria concepção". A resposta de Estranho, à primeira vista, era menos criativa, no entanto se baseava em experiência real e comprovada:

"Assistir ao próprio enterro."

Aquele parecia o fechamento adequado à situação de Charme, ou ao menos era assim que pensaram quando resolveram presenciar o funeral de John Fairfax.

O cemitério estava mais cheio do que imaginaram a princípio, especialmente quando chovia a tal da chuvinha típica, fina, que desanimava qualquer cristão. Claro que não passava pela cabeça de ninguém que o professor de cálculo pacato e careta havia morrido em decorrência de um ataque homofóbico. A palavra talvez nem constasse no dicionário da época. Para eles, bastava a mesma explicação das notas esquecidas em jornais de pouca importância: roubo seguido de morte.

Mas Estranho e Charme, enquanto observavam o desenrolar da cerimônia a uma distância cautelosa, sabiam que chegaria um momento no futuro em que aquele assassinato seria relembrado e John considerado uma espécie de mártir. Um dia.

Annette, é claro, estava lá, em um vestido simples tingido de preto. E ele, que sempre julgara que Annette faria questão de bancar a viúva socialite, com direito a tailleur e chapeuzinho com véu caindo sobre o lado do rosto que ela dizia não fotografar tão bem. Estava totalmente enganado. Era certo que sofria mais por sua alma do que por sua perda, mas era sofrimento genuíno.

Quando Annette notou a presença de ambos, ele sentiu-se gelar. Não previra que talvez estivessem causando um rebuliço desnecessário e escândalo para a família. E se ela resolvesse que Charme era o culpado pela desgraça do marido e a austera cerimônia virasse o caos na Terra de uma hora para a outra?

A viúva apontou na direção de ambos, atraindo a atenção de todos os presentes. Estranho então olhou de esguelha para Charme, e teria agarrado sua mão e corrido dali imediatamente se não percebesse uma firme resolução no rosto do outro.

— Está tudo bem.

Maçã

Charme caminhou com dignidade até Annette e, para seu total espanto, abraçou-a como a uma boa e velha amiga, ambos caindo em pranto diante dos olhares emocionados.

Annette passava para Charme um envelope selado, a verdadeira última palavra do morto. Estranho soube bem mais tarde o conteúdo exato do bilhete, quando ele e Charme se casaram.

Não que ele precisasse de fato ler, porque já imaginava o que estava escrito.

John era a pessoa que andava mexendo com o que não devia. Não fazia por mal e o motivo até era nobre: salvar a vida de um famoso e brilhante matemático condenado à castração química por ser homossexual. O homem se mataria mordendo uma maçã envenenada. Era uma questão pessoal e uma forma de limpar a História daquela mancha.

A maçã não cai longe da árvore.

Com os seus esforços repetidos, John maculava o tempo. Um pobre Sísifo sempre rolando a mesma pedra pra cima da mesma montanha. Sem perceber, criou uma armadilha em torno de si próprio, arrastando Charme junto com ele.

Embora já se conhecessem de vista, o envolvimento com Charme era 100% fruto do ciclo. John nunca teria dado um primeiro passo se não estivesse inebriado com a falsa sensação de poder sobre a Realidade.

Ironicamente, as coisas mudaram quando John logrou o primeiro sucesso. E, enquanto o seu herói vivia, quem morria era o amante. As tentativas se sucederam, mostrando o cruel e estranho padrão: não poderia salvar os dois.

Numa última tentativa desesperada, John conseguiu arremessar Charme para fora do ciclo. Essa foi a realidade que ficou ecoando quando Charme entrou pelo portal da Maçã e reabriu as feridas do Tempo. Mas, pelo menos Charme ficaria bem.

Como Estranho garantiu a John que ficaria.

Fujoshis & fudanshis

Tanko Chan

É ilustradora profissional e vive em Petrópolis – RJ. Estudou Belas Artes na UFRJ e trabalhou na produção de quadrinhos nacionais, além de mangás independentes lançados nos EUA. É apaixonada por mangá, viciada em café, videogame e fotos de gatinhos. Administra um dos maiores sites dedicados ao Boy's Love em língua portuguesa, o Blyme Yaoi, e é a organizadora da série de coletâneas *Boy's Love* da Editora Draco.
SITE www.blyme-yaoi.com

Dana Guedes

é autora dos contos *Homérica Pirataria, V.E.R.N.E. e o Farol de Dover*, entre outros de fantasia e aventura, gêneros pelos quais é apaixonada. Formada em design gráfico, ama viajar e busca inspiração em diferentes culturas e linguagens. Também roteiriza e gerencia games e sonha com o dia em que suas histórias tocarão mais corações.
FACEBOOK.com/dana.guedes

Claudia Dugim

Graduada em Letras e Pedagogia, é professora de Inglês como segunda língua, escreve desde pequena, fã de leitura e filmes, gosta de tudo: de HQ a Humberto Eco, de J. J. Abrams a Almodovar, de videogame a jogos de tabuleiro. Lançou um livro de poesias nos anos 90 e parou, voltou a escrever em 2011. Tem contos publicados na Revista Trasgo, nos *Contos Sonoros*, na antologia *Piratas*, editorou uma produção conjunta, dá aulas em oficinas literárias de projetos da prefeitura de São Paulo.
BLOG claudiadu.wordpress TWITTER @claudiadugim

Nuno Almeida

Nasceu em 1989 em Aveiro, onde ainda reside. É formado em Estudos Editoriais e trabalhou na Imprensa da Universidade de Coimbra. O seu género literário predileto é a fantasia de temática medieval, mas na hora de escrever não é picuinhas e já produziu textos de horror, fantasia urbana e vários subgéneros de ficção científica. Tem contos publicados em várias revistas e antologias, em Portugal e no Brasil.

Márcia Souza

É uma autora experimental, que gosta de brincar com os gêneros, misturar referências e costurar contrastes. Atualmente a autora aluga uma quitinete velha, decadente e apertada na mente de uma pessoa comum com gostos incomuns.

Priscilla Matsumoto

é formada em Produção Cultural pela UFF e em Roteiro pela Escola de Cinema Darcy Ribeiro. Foi, por dez anos, dramaturga e figurinista da companhia teatral que fundou com os amigos. Largou a faculdade de Moda, mas divide o tempo entre a costura e a escrita. Suas inspirações vão de Albert Camus ao grupo CLAMP, passando por Haruki Murakami e Anne Rice. Seu romance *Conto Noturno da Princesa Borboleta* foi finalista do Prêmio SESC de Literatura 2011/2012. Pela Draco publicou *Ball Jointed Alice - Uma história de amor e morte* (2015). BLOG aladablog.wordpress.com.

Karen Alvares

Conta histórias para o papel há tanto tempo que nem lembra quando começou. Autora do romance *Alameda dos Pesadelos* (2014) e organizadora de *Piratas* (2015), foi também publicada em revistas e antologias de contos, como *Dragões* (2012) e *Meu Amor é um Sobrevivente* (2013), e premiada em concursos literários nacionais. Apaixonada por mundos fantásticos, histórias de terror, chocolate e gatinhos, vive em Santos/SP com o marido e cria histórias enquanto pedala sua bicicleta pela cidade. BLOG papelepalavras.wordpress.com TWITTER E INSTAGRAM @karen_alvares

Vikram Raj

é o pseudônimo de um professor carioca apaixonado pela História e pelos mitos da Índia. Este é seu primeiro conto publicado.

Blanxe

Carioca, técnica publicitária e graduada em Letras, desde pequena sempre foi apaixonada pela leitura, sendo os gêneros terror e literatura fantástica os preferidos. Publicou o conto *Disturbia*, na Fantástica Literatura Queer, e é roteirista da *webcomic* nacional *Entropia* onde vem abordando a temática homoerótica mesclada à fantasia medieval. SITE entropiacomic.com.br TWITTER @_Blanxe FACEBOOK.com/Blanxe

Este livro foi impresso em papel pólen bold
na Renovagraf em julho de 2015.